メディアワークス文庫

星降るシネマの恋人

梅谷 百

目　次

序章　オープニング

てくれないの？」
「雪《ゆき》ちゃんって、いつもコンビニのお弁当を食べているけど、パパやママはお弁当作っ

悪い子じゃない。少なくとも一番仲のいい友達だった。

小学四年生の冬。恐らく何の悪意もなく、ただ単純な疑問で尋ねたんだと思う。今まで約一年間、行事や短縮授業があるたびに、手料理のお弁当ではなくコンビニ弁当を食べている私が、彼女にとってはすごく不思議だったんだろう。

「……作ってくれない」

ぼそりと呟《つぶや》くと、その子は少し困ったように微笑《ほほえ》んで、それ以上何も言わなかった。

ただ、そのやりとりを聞いていた前の席の女の子が、けらけら笑う。

「雪ちゃん、お弁当も作ってもらえないなんて、愛されてないんだね！」

その声に、教室の中は「確かにーっ」「やばーい」「そうだよね、ずっとコンビニ弁当だもん」「雪ちゃんのこと、パパもママも好きじゃないんだよ！」という声が溢《あふ》れ、先生は驚いたのか、みんなのことをすごく叱って諫《いさ》めてくれた。雪さんのご両親は立派なことをしていて忙しいのだと、そんなことはないと言った。

でも私はそんな先生の言葉なんて耳に入らず、《愛されていないかわいそうな子》だという風に周囲に見えた事実を知って、酷《ひど》いショックと、猛烈な恥ずかしさに襲われていた。冷や汗をかき、座っていられないほど動揺していた。

あの子たちの声が脳裏にこびりついて何度もリフレインする。

――雪ちゃんのこと、パパもママも好きじゃないんだよ。

その時に知ってしまった。どんなにパパやママが優しくしてくれても、手作りのお弁当を持参しない子は、愛されていない子に見えてしまうと。

前の席のあの子は、黒板の前の壇上で怒っている先生を横目に、私に唇を寄せて楽しそうに囁《ささや》いた。

「ねえ、雪ちゃん。あたしのママがいつも言うの。お弁当とか料理はね、ママやパパの愛情がたっぷりつまってるんだって」

続く言葉が苦しいものだと察して思わず目を伏せる。

でも彼女の唇は執拗《しつよう》に追ってくる。

「雪ちゃんは愛されてないからお弁当を作ってもらえないし、そんな子は初めから料理を食べる資格なんてないんだよ。雪ちゃんはかわいそうだね」

その言葉は、私の芯を壊すのに十分だった。

つまり、手料理には誰かの愛情が詰まってる。

手料理を作ってもらえない子は愛されていない子。

愛されていない人のための手料理なんてないんだと知ったら、一気に歪《ゆが》んだ。

それ以来、私は誰かが振る舞う料理が酷く苦手だ。

「雪さんのお弁当、すごくおいしそうだ！　自分で作ったの？」

その言葉に顔を上げると、私の斜め前に座っている初老の男性が私のお弁当箱を覗《のぞ》き込《こ》んで感心したように目を輝かせている。

「……母が作ってくれたんです。私は持ってくるだけですよ」

答えると、満面の笑みで「なるほど」と頷《うなず》く。

「雪さんはすごく愛されているんだね！　お母様はとても忙しいだろうに」

その言葉に、無言で微笑む。

《母が作ったお弁当》だと言うと、大抵の人から、愛されているんだね、という言葉が返ってくるのは、今までの経験上よく知っている。

――嘘《うそ》だ。

小学四年生の冬から、私は買ってきたコンビニ弁当や出来合いの総菜をわざわざお弁当箱に移し替えて、《手作り》を装うようになった。

自炊することもあったけれど、自分のことを好きでもないのに自分のために作るのは気が引けた。

自分は愛されているんだと主張するための偽装をする技を覚えた私は、あれから十年以上経《た》って二十二歳にもなったのに、未《いま》だにあの時のショックや恥ずかしさを鮮明に思い出しては苦い気持ちになっている。

「えー、すごい！ 雪さんのご両親は町の人のために尽くされていて、本当にご立派な方たちだと思っていたけれど、忙しい中でも雪さんに愛情を注がれていて素敵よね」

隣の席の同僚が、感心したように声を弾ませる。

両親は二人とも医者だ。

しかも、私が住む静岡県熱海市《あたみ》にある病院——穂高《ほだか》総合病院の院長と副院長だ。

気がついた時には、すでに二人はほとんど家にいなかった。

幼い頃は、近くに住む叔母がたまに様子を見にきてくれるくらいで、一人で過ごしていた時間のほうが長い。

一回り年の離れた姉がいるけれど、私が小学校に上がった頃には県外の大学に進んだことで家にいなかった。最近になってようやく一緒に暮らし始めたけれど、姉自身も医者で、今でもほとんど顔を合わせることもない。

——穂高総合病院の出来損ないのほうの娘さん。

街の人が私のことを陰でそう呼んでいるのは、よく知っている。

でも本当にそのとおりだと思う。家族四人のうち、医者になれなかったのは私だけ。

勉強も運動も苦手。両親や姉のように人を救うこともできないし、誰かから尊敬されるほど立派な人間でもない。

お弁当に入っている冷凍食品のオムライスを一口食べる。

味がしない。

何もおいしくない。

料理を食べておいしいだなんて、しばらく感じたことはない。

それでも救いがあるのは、家族関係は少なからず悪いものではないということ。

両親も姉もほとんど家に帰らないけれど、家にいる時は普通に話す。医者になれなかった私を責めることもない。

ただ、彼らから自分が愛されているのかは、正直よくわからない。

他人の家族関係よりも明らかに希薄なものだということはわかっている。

小学生のあの日から、本当に数えるくらいしか両親は私のために料理を作ってくれたことはなかった。でも就職する前日に母が作ってくれたオムライスは、絶対に忘れられない。

形も歪《いびつ》でこげていて見た目は悪かったけれど、本当においしかった。

——おいしい？　ならよかった。明日から仕事、頑張ってね。

手料理を振る舞ってもらえただけで力が湧いた。あの時の味を思い出しては、今日までがむしゃらに働いてきた。

それなのに——。

「――三か月後にこの映画館、六等星《ろくとうせい》シネマは閉館します」

斜め前に座る初老の男性――館長が告げたその言葉を思い出したら、喉の奥がぐっと締まる。心の中では、悲しみや、怒り、よくわからないもやもやした感情が心の中で消化できずに渦巻いている。

今まで自分がすべてを捧《ささ》げてきた職場がなくなる。

その事実はまったく信じられなかったし、閉館を告げた数時間後に、何事もなかったように お弁当を褒めてくる館長にも正直苛立《いらだ》つ。

もっと話すことがあるはずなのにと思ったら、波が引くように自分の中の怒りとかそういうものがすうっと消えていく。

――話すことも、ないか。

短大を卒業して、入社二年目の私が閉館を阻止できるすべなんてない。

ああ、職場なくなっちゃうんだな。

私が一番愛したこの場所が、消えてしまう。

その事実に食欲がなくなる。これからどうしようとか、次の就職先をどうするとか、考えることは山ほどある。でももうシャットダウンしたように世界が暗くなる。

自分が酷く傷ついていることはわかっている。でもどうしようもない。

私は、ほとんど手をつけていないお弁当をちらりと見たあと、蓋をそっと閉じた。

「――館長。こんな感じでいかがですか？」

尋ねると、館長は老眼のせいなのか、書類を前後に移動させながら目を細めている。

「うん、いいんじゃない？　《六等星シネマ》の最後の上映作品は、やっぱり三峰恭介《みつみねきようすけ》の代表作で幕を下ろすのがいいね」

館長は休憩時間のあとに私が作った、《六等星シネマ閉館記念上映作品リスト・仮》をこちらに押し付けるようにして返す。

お昼休みまではショックでうまく考えられなかったけれど、三か月後に閉館が決まったことで、その準備は山ほどある。立ち止まっている暇はない。

閉館記念、だなんて、何の記念なのかな。

今日の朝に出勤するまで、まさかこんなことになるなんて思ってもいなかった。

閉館記念上映作品リスト・仮をデスクの上に置き、ぼんやりと眺める。

この熱海市には、単館系映画館《六等星シネマ》が、熱海駅の傍《そば》の山の上にあるMOA美術館からさほど離れていない丘の上にぽつんと佇《たたず》んでいる。

地元の人や観光客に愛され続けてきた六等星シネマは、来年百年の節目を迎える前にあと三か月で閉館する。

若者の映画離れとか、サブスクとか、いろいろと要因はあるけれど、結局一番の要因であるコロナ禍には勝てなかった。一旦離れた客足が、コロナが収束しつつあるからと戻ってくるわけでもなく、最近は日に数十人しかお客様が来ないことが多かった。

でもまさか閉館するとは思っていなかった。

六等星シネマは、戦前の銀幕の大スターである三峰恭介の実家だ。要はファンの聖地。彼は大星《だいせい》映画社という日本を代表する映画製作会社の看板役者だった。

熱海が誇る大スターでもある彼は、地元の人たちに現在も熱烈に愛されている。

もちろん、私も彼のファンの一人。

幼い頃、両親も姉も家にいない日が多くて、私は誰でもいいから人がいる場所にいたかった。

でも友達と過ごせば、《いつも一人で居場所を探している私は、家族から愛されていない》と思われるのが怖くて、一人でいても不自然ではなく、且《か》つ人が大勢いる場所を探した。

そうしてこの六等星シネマを見つけた。映画館にいれば、誰かと一緒に作品を楽しむことができる。同じ上映回を観《み》ている人たちの息遣い、笑い声、すすり泣き――それを感じると、寂しさは不思議と消えていた。

家の中で笑い声がするほうが珍しい世界で生きていた私にとって映画館は、自分は一人じゃない、と励ましてくれる場所でもあった。

それに、劇場の中は暗くて隣にいる人の顔もわからないのがよかった。

この狭い町のどこにいても《穂高総合病院の出来損ないのほうの娘さん》とすぐにバレてしまう私にとって、映画館は救いだった。

通い詰めていると、三峰恭介の聖地だからか頻繁に彼の出演作が上映された。古い映画だし、小学生の私には興味を持てないような作品ばかりだったけれど、時間を潰すために仕方なく見た。

でも、――彼がスクリーンに映った瞬間、息を呑《の》んだ。

今でも鮮明に思い出せる。

美しい所作に、類《たぐい》まれなる美貌。

ほんの少し首を傾けて、憂うような目線を向けただけで、ぞわぞわと心の裏側を素手で撫《な》でられたような、不思議な感覚が襲った。

ある時は、剣の強い美丈夫に。ある時はコミカルな喜劇俳優に。

物乞いの役から、王様の役まで。初々しい学生役から、人生にくたびれたサラリーマンの役まで。

あまりの役の幅の広さに驚いたけれど、変幻自在に演じ分ける彼を見て、たちまち虜《とりこ》になった幼い私は、映画の中の彼に恋をした。

――映画も彼も、私が愛しているものは、全部まがいものだ。

そうわかっているけれど、何かのはずみでタイムスリップして、彼と結ばれる。そんなかわいらしい夢を見て、彼を心の支えにして成長した。現実を知った今では、そんな夢物語を願っていたなんて恥ずかしすぎるとは思っているけれど、それでも今も変わらず心の支えにしている。

アイドルに熱狂する女性たちの気持ちがよくわかる。推しがいるだけで自分の世界がすべて平和に回っている。それはまさに真理だ。

ぼんやりとパソコンの傍に置いた、ポストカードを手に取る。

これは以前特集上映を組んだ時に作ったもので、爽やかに微笑む三峰恭介の姿が映っている。

私の世界は歪で全然うまくいかない。でも、彼を見ているだけで――。

「……幸せ」

思わず口を突いて出る。慌てて館長を見ると、聞こえていなかったのか、スマートフォンを顰《しか》めっ面《つら》で覗き込んでいる。

危なかった。もちろん私が大の三峰恭介ファンだって館長は知っているけれど、思い切り馬鹿にされるところだった。ほっとして視線をポストカードに戻す。

くっきりとした二重。すっと通った鼻筋に薄い唇。どこか儚《はかな》げで憂いを抱えているようなその瞳を見ると、胸がきゅっと締めつけられる。

三峰恭介は、当時日本中の女性を虜にしていた。でも第二次世界大戦中に亡くなった悲劇のスター。

彼はそれまで私生活をあまり語ることもなく、亡くなった場所や時間もわからないまだ。遺族が公表したのは、ただ爆撃に巻き込まれて亡くなったということだけ。

この映画館は元々彼の実家だけれど、彼の本名である《三島《みしま》千秋《ちあき》》と、館長の苗字《みょうじ》は違う。噂《うわさ》だと戦後に映画館の経営者が代わり、もう三島家は熱海にいないそうだ。

想像をかきたてるようなミステリアスさと、滅びの美学とでも言うのか若くして散ってしまった彼は、没後五十年以上経つのに今でも定期的に特集が組まれて全国各地で作品が上映されている。

「そうだ。閉館するから倉庫の中も片付けないとと思って、窓を開けて換気しているんだった。今日の遅番さん、帰る前に閉めてもらってもいいかな？　えっと今日は……」

そんな館長の声に現実に引き戻される。

「あ、私です。やっておきますね」

そう言ってポストカードを元の位置に置くと、それを見ていたのか館長が呟く。

「……せっかく雪さんが、三峰恭介ゆかりの映画館に入社してくれたのに、こんなことになって申し訳ない」

衝動的に、ぐっと痛いくらいに唇を噛《か》みしめる。

何か言わなきゃと思ったけれど、気の利いた言葉なんて何も出てこない。

「……大丈夫です」

俯《うつむ》いたまま呟く。何が大丈夫なのか、自分でもわからない。

館長はそれきり黙った。私も何も言わずに、引き結んだ唇を解くことなく、さらにぐっと強く噛みしめていた。


閉館のお知らせ、と書かれた紙をがらんとしたロビーに貼る。

もう上映も終わって、お客様も帰った。

「お疲れ様です。映写終わったんで先に帰りますね！　劇場内の電気、そのまま点《つ》いているので、最後にチェックをお願いします」

「わかりました。お疲れ様です」

映写技師さんが頭を下げて裏口から帰っていく。

完全に一人になって、正面玄関の鍵をかけ、ロビーの電気を消す。

大きな丸窓から覗く空には、星々が煌《きら》めいていた。坂の上に映画館があるからか、眼下には夜景が美しく輝いている。映画館の裏は高台の広場になっていて、そこから景色を眺めると、天上にも満天の星で、眼下にも夜景が煌めいていて三百六十度星空の中にいるみたいですごく好き。

でもここで見る景色も、もう——。

切ない気持ちになったのを振り切るように足を前に出す。映画館の中のスタッフだけしか通れない裏廊下を抜けて中庭に出る。夏の夜の生暖かい空気に思わず顔を顰めながら歩いていく。生け垣の向こうに建つ倉庫はどっしりと闇の中に佇んでいた。

初めてここで働いた時はお化けが出そうで夜の倉庫だけは行きたくないと思っていたけれど、今はもう慣れてしまって何とも思わない。

館長に言われたとおり、開いている窓を閉めて倉庫から出ようと思った時、月光か星明かりか、棚の中の一角を淡く照らしているのに気づく。

そこには、手の中に納まりそうなほどの木の箱がぽつりと置かれていた。

こんなの初めて見た。今まで何度もこの倉庫に入っているけれど、気づかなかった。何が入っているのか気になって好奇心で手に取るけれど、暗くてうまく開かない。

とりあえずそれを持って倉庫を出て映画館に戻り、まだ電気が点いている劇場内の椅子に腰かける。

小箱をよく見てみると、引っかけるような鍵がついていた。だから開かなかったのかと、指先でひっかくようにして鍵を開ける。

中には、銀色の懐中時計が入っていた。

「すごく綺麗《きれい》……！」

思わず感嘆の息を漏らすほど、緻密な星空の模様が刻まれていた。

誰のものだろう。星空の模様をもっと見たくて箱から出してみる。懐中時計の蓋を開けてみると、カシャンと音がする。

目を向けると、文字盤を守るガラスが割れていた。

こ、壊した？

ひやりと背筋が凍る。ううん、よく見ると、ガラスが半分ない。もう半分がどこにもないことを考えると元々壊れていたのだと思う。何かに当たって割れたような……。

壊れたから倉庫に放置してあるのかな。

修理すればまだまだ使えるのに。こんな素敵な時計、もったいないなあ。秒針は止まっているけれど箱の中に鍵があった。裏返していろいろ見ていると、裏にも蓋があることに気づく。開けてみると鍵が差さりそうな穴を見つけて、試しに差すとぴったりはまった。鍵を回してネジを巻く。

あれ？　裏蓋にローマ字で何か書いてある。薄汚れてよく読めないけれど……。

「……ち、あき？」

書かれた文字を呟いたその時、手の中の懐中時計からカチッカチッと音が響く。

あ、動い――。

その瞬間、ぐにゃりと世界が歪む。懐中時計の針が勢いよく逆回転する。

直線が曲線になり、重力を失って星空の中に放り出されたように拠《よ》り所《どころ》がなくなる。

浮いている？　ぞっと冷水をかぶったような不快感が体を支配する。

何これ――。

絶望的な恐怖を感じた時、時計が私の手の中で強く光っているのが見えた。

まるで星を摑《つか》んでいるかのように。

＊　＊　＊

「――おい。死んでいるのか？」

聞き覚えのある低い声。頰を軽く叩《たた》かれて瞼《まぶた》を開くと、目の前に三峰恭介の顔。

ああ、いつ見ても美しい人。思わずじっとその姿を眺める。――おかしいな。今日の上映は終わっているはず。明日三峰恭介の映画を上映する予定があったかな？　私、彼の映画を試写していたっけ？　あれ……、よく見ると白いスクリーンに三峰恭介は映っていない。なぜかスクリーンを背にして仏頂面で佇んでいる。

こんなシーン観たことがない。三峰恭介の大ファンなのに、見逃していたシーンがあったなんて、嘘でしょ、ありえない。

映画のタイトルは何だろう。早く冒頭から観て、彼を堪能《たんのう》しないと。

「おい。お前は誰だ」

嫌悪に満ちた眼差《まなざ》しで見下ろされた瞬間、心臓が縮こまって一気に目が覚める。

背筋にさっと冷たいものが走って、跳ねるように立ち上がる。

しまった。もしかして私、上映中に寝てた⁉

パニックで頭は回らないけれど、とにかくこの人はお客様で、確実に怒っているのだけはわかる。

早くお客様を送り出さないと。上映中に寝るなんて私の馬鹿！

「す、すみません！　上映は終わったので、お気をつけてお帰りください！」

体はまだ寝ぼけているのか、うまく口が回らない。伝わったかわからず、不安になって目を向けると、前列にいた男性としっかりと目が合った。

すでに私の目は覚めている。念のためこっそりと手の甲をつねってみたら痛い。

うん、痛い。ということは夢じゃない。確実に、夢じゃない。

こちらをじっと見つめている前列の男性を知っている。まるでそのままスクリーンから抜け出してきたような美男子に、動揺して膝が震え出す。

「あ、あの……、お客様。もう映画は、終わりまして……」

怪訝《けげん》そうに歪んだ眉。色素の薄い茶色の瞳。

幼い頃からスクリーンで見続けてきたその人そのものに、色がついている。

誰？　三峰恭介にこんなにもそっくりな人なんて、存在するわけがない。

彼が小さく吐いた溜息《ためいき》が、耳朶《じだ》をくすぐる。

――幽霊じゃない。生きている人間だ。

あまりの衝撃に言葉を紡げず、目を瞬《またた》くことしかできなくなる。

「確かに映画は終わったが、お前は何者だ」

「おい。千秋、どうした？」

映写室に続くドアを開けて、背の高いがっしりとした体格の男性が顔を出す。

きりっとした眉に、意志の強そうな瞳。西洋の胸像に出てきそうなほどの整った顔立ち。この人も稀《まれ》にみる美男子だ。

「映画が終わって振り返ったらこの女が熟睡していた。誰だこいつは」

千秋と呼ばれた男性から無遠慮にじろじろと眺められる。傍に来たもう一人の男性も私の顔を覗き込む。

「春市《はるいち》の知っている女か？」

「いや、知らん。千秋の知り合いか？」

「俺も知らん。なら誰だ」

二人の目が、一気に私に向く。

さらに怯《ひる》んでしまったけれど、黙っているのは許さないという雰囲気に、硬直した口を無理やりこじ開ける。

「え、えっと、私はここの従業員でして……」

私は、六等星シネマで働いていてさっきまで映写をしていた。

そう言おうとしたけれど、ふと、あとから現れた男性が映写室のほうから出てきたのを思い出す。映写室は紛れもなくスタッフオンリー。変な人だったらどうしよう。念のため確認しないと！

「あの……、お客様、今映写室のほうから出てきませんでしたか？ もしかして、道に迷われましたか？ 館内がわかりにくくて申し訳ありません。この部屋を出て左手に進み、一つ目の角を曲がるとロビーに出ます。ポップコーンを売っている売店の前の扉が出口になります。よろしければご案内しますよ」

もし本当に映写室から出てきていたら、明らかに不審者だ。警戒しつつも、笑顔を絶やさずにてきぱきと対応する。館長に報告しないと。いや、警察？

とにかく今は、刺激しないように低姿勢でやりすごし、円満に帰ってもらおう。

あれ？ でも私、正面玄関の鍵をかけたはず……。

思い出したら、不安が一気に私を飲み込んでいく。彼らは顔を見合わせてさらに眉間の皺《しわ》を深める。不穏な空気を察して、ごくりと唾を飲み込む。不安を感じるのはあとでいい。とにかく一刻も早く二人とも帰ってもらわないと。

「ポップコーンを売っている売店の前の扉ですよ。ご案内しますね」

営業スマイルを口元に湛《たた》えて、右手で出口を指さして誘導する。すると三峰恭介に似た男性――千秋さんが首を傾《かし》げた。

「ぽっぷこーん、とはなんだ」

「はあ？」

思わず戸惑いの声が漏れてしまった。

お客様への対応としては完全に不適切だったけれど、そんなことを気にしたのは初めの一秒くらいのことで、あとは不安と焦り、強い恐怖で思考が停止する。

「ポップコーン、を……知らない……？」

そんな馬鹿な。子供でも知っている食べ物で、映画館の必需品のはず。

「だからなんだそれは。それにどうしてこの映画館のことを詳しく知っている？　答えようによっては警察に突き出すぞ」

千秋さんは、私を冷たい目で見下ろす。猛烈な威圧感に、膝がぶるりと震えた。

待って。警察に突き出すのはこちらのほう！　怯んだら駄目だ。

「で、ですから私はこの映画館で働いていて――！」

語尾を荒らげた時、ふと彼の手が置かれている椅子の背もたれが目に入る。

六等星シネマの座席シートの色は紺色だ。夜空をイメージした座席の色はお客様にも好評で、もちろん私も気に入っている。

でも、彼の手の下のシートの色は、えんじ色。

勢いよく辺りを見回す。

「えっ……、えっ⁉　どういうこと⁉」

シートの色も、壁の色も違う。椅子の配置もいつもと違う。

もしかして、ここは六等星シネマではない？

慌てて駆け出して劇場から出る。部屋を出て左手に進み、一つ目の角を曲がるとロビー。さっき自分が案内したとおりに走っていくと、紛れもなくロビーに出た。

建物は同じ。

でも、ポップコーンを作る機械がない。

「待って、ありえない！」

叫んで正面玄関のドアを開けようとするけれど、鍵がかかっていて開かない。私がいつもかけている、つまみを手で回してかける鍵ではない。

――本気でおかしい。

似ているのに似ていない。同じなのに、同じじゃない。

「おい！　お前は誰だ！」

聞き覚えのある声が追ってくる。

いつも映像機器を通して聞いていたその声。

信じられない。どういうこと？

困惑しながらも逃げるように駆け出す。裏口めがけて複雑な館内を迷わず走っていく。

その間も私を呼び止める声が追ってくる。

六等星シネマなのに、六等星シネマじゃない。

――ここは、どこ？

裏口のドアを開け放ち、外に出る。

その瞬間、ぐらりと眩暈《めまい》がして足元がおぼつかなくなる。

何これ。

降るような満天の星空に圧倒されて、息をするのも忘れる。

こんな星空、今まで一度も見たことがない。――全部、おかしい。

震える足に力を込めて、もう一度駆け出す。映画館の裏にある高台の広場まで走っていき、建物を見下ろす。

闇に沈んだこのフォルム、見覚えがある。

幼い頃からずっと見続けてきた場所だ。間違えるはずがない。

ここは間違いなく六等星シネマ――。

「おい！　お前、何者だ！　裏口まで知っているなんて、一体どういうことだ！」

力強く肩を掴まれ、反動で顔を上げる。

眉間の皺は深く刻まれ、暗くてはっきりとは見えないけれど、その瞳は困惑と怒りを湛えている。

「物取りか？　それとも過激なファンか⁉」

声を荒らげる彼の背に、恐ろしいほど星が瞬《またた》いている。

「私はこの映画館で働いていて――」

何度も訴えた。違う。これ以上言えることが私にはない。

そのまま言葉が落ちずにただ見つめ合う。

働いているのは、確か。でも、何かおかしい。

大好きな三峰恭介が息をしている。

私の肩を掴む右手の熱がそれを物語っている。

でも彼はすでに亡くなっている過去の人で、生きているわけがない。

「働いている⁉　馬鹿を言うな！　警察に突き出してやる。あからさまな嘘を吐《つ》くとあとで後悔するぞ！　このまま海に放り込んで、魚の餌にしてやる！」

強い口調で攻め立てられて、言葉が出なくなる。

三峰恭介は穏やかで、優しくて、いつもスマートな受け答えをする人。そういう印象だったのに。

それなのに、一方的にこんな怒声を浴びせるような人だなんて思ってもみなかった。

「――まあ、落ち着け千秋。何か様子がおかしいぞ」

「おかしいのはこの女だ」

「お前がそんなに怒っていては、彼女が委縮するのも当然だ。まずは話を聞こう」

その言葉に千秋さんは舌打ちをして私の肩から手を離す。

拠り所がなくなったせいか、膝から崩れ落ちてその場にへたり込む。

話を、だなんて、全部おかしい。

私は六等星シネマで働いていて、倉庫で見つけた懐中時計のネジを回しただけだ。

あの、懐中時計――。そう思って握った手を開くけれど、どこにもない。

落としたら、音が出るだろうし気づくはず。

――消えた？

わからない。ただわかるのは、時計の代わりに目の前に三峰恭介似の男性がいて、外に出たらあまりの星の数に圧倒されていることだけ。

現状を整理して、順を追って考えても答えは出ない。

全部、おかしい。心臓がばくばく鳴っている。

六等星シネマは坂の多い熱海の中の、高台の広場の前に建っている。だから、眼下にはいつも星を落としたような、美しい夜景が広がっている。

それなのに、今はちらほらと灯りが見えるだけ。

六等星シネマ以外に電気が点いている場所が、いつもよりも圧倒的に少ない。

天と地が逆転しているような光景に、体の芯から震えてくる。

でも鼻を突く薄い硫黄の匂いは嗅ぎなれたもので、ここは熱海だと私に訴えている。

今日は平穏なごく普通の一日だったはず。百万ドルの夜景が消えてしまうほどの異変が起こっただなんて、そんなニュース聞いていない。

放心している私の前に、映写室から出てきた男性が立つ。

「自分は三島春市。この映画館の館長だ」

嘘だ。私が知っている館長はもうそろそろシニア世代に差しかかるし、名前も違う。

春市と名乗った男性は二十代後半ぐらいにしか見えない。

「こっちは弟の三島千秋」

その言葉に、胃がむかむかしてくる。気持ち悪くて、全部吐き出したくなる。

世界が、不具合を起こしている。

地面についた手が、冷え切ってガタガタ震えている。

信じられない。三峰恭介は芸名。本名は——三島千秋。

そう言えば、あの懐中時計の裏にローマ字で《ちあき》と彫られていた。

もしかして、あの時計の持ち主？　しかも私が憧れる三峰恭介本人で間違いない？

心に湧いた疑問を尋ねることもできずに見上げると、彼はごみでも見るような目つきで私を見下ろしている。

「……お前の名前は？」

ごみに名前があるのかとでも言いたげに、嘲笑とともに吐き捨てる。

「穂高、雪です」

名乗っても、二人は頷くだけ。

熱海は観光地だけど、狭い町だ。地元の人たちなら《穂高》の苗字を聞けば、私がどこの誰かすぐにわかる。両親と姉への賞賛を必ず口にする。

でも二人は無反応。「そうか」とだけ吐き捨てる。

一体、どういうことなのか、考えれば考えるほど混乱する。

でもわかるのは、私のことを知っている人がいない世界だ。

代わりに、戦争中に死んだはずの三峰恭介が生きている。私の肩を摑んだその手は紛れもなく人間のものだった。

――もしかして、タイムスリップ？

一つの可能性が頭をよぎる。すると、すとんと腑《ふ》に落ちた。疑う余地もなく、タイムスリップしたということが真実だと思えるのは、紛れもなく三峰恭介が私の目の前に存在しているから。

そうなると、今はいつなのだろうか。彼の見た目が二十代半ばくらいだから、恐らく戦前？　ううん、もしかしたら戦争中かもしれない。

そう思ったら、ぞっとした。

戦争中って、第二次世界大戦中って、こと？

もしここを追い出されたら、爆弾や銃弾が飛び交う中で、私は一人でどうやって生きていけばいいの？

ごくりと唾を飲み込む。

全部打ち明けて同情を誘ってみるか、それとも、タイムスリップしたことを伏せて、《この時代のごく普通の人間》を装ってしばらく滞在させてもらうか——。

ちらりと目を向けると、三峰恭介にそっくりな彼は私を冷たい瞳で見下ろしている。

少なくとも、彼は私を警戒している。

それはそうだろう。三峰恭介には熱狂的なファンが多かった。彼のために島を買ってあげるファンもいたという豪快なエピソードも、何かの記事で読んだことがある。

「す、すみません。ちょっと混乱していて記憶がどうも曖昧で……。あ、あのどうか明日の朝までいいので、映画館にいてもいいでしょうか……」

本当にタイムスリップしているのか確かめるまでは、下手に動かないほうがいい。明るくなって状況を確認してから身の振り方を考えてもいいだろう。お願いしますと頭を下げてしばらく黙っていると、春市さんは「困っているのか？」とだけ聞いてきた。

「はい」と頷くと、春市さんは何かを思案しているようだった。

「おい、ちょっと待て。春市は余計なことを考えるな。嫌な予感がする。今すぐこの女を追い出せ」

千秋さんは春市さんに向かって、慌てたようにまくしたてる。

「そんなことを言うな。こいつは《冬》担当になる」

冬担当？　目を瞬くと、千秋さんは春市さんの胸倉を掴んでいる。

「本気でやめてくれ。冗談じゃない」

すごむ千秋さんをものともせずに、春市さんは私に目を向けた。

「雪、おれたちは三人姉弟《さんにんきょうだい》だ。もう一人姉がいて、小夏《こなつ》と言う。ずっと冬が足りなかった。だから、よければしばらく映画館で働かないか？　行く場所がなければ、映画館で寝泊まりしてもいい」

突然の提案に目を瞬く。

千秋さんもあまりの驚きで声が出ないのか呆然《ぼうぜん》としていた。

春市さんに千秋さんに、小夏さんの三姉弟。確かに冬をイメージする名前の人間がいない。でもこんなに簡単に私を受け入れるのには、何か魂胆があるのかな。ずっと冬が足りなかったからって、見知らぬ人間を家に入れるのは不自然すぎる。

でもどうして、と尋ねても、春市さんは答えてくれないような気がする。

急に不安が襲ってくる。でも正直、今は数日でもいいから滞在させてもらいたい。
二、三日泊めてもらって、状況を把握しよう。時計を見つけたら帰れるかもしれないし、案外寝て起きたら自分の時代に戻っているかも。
とりあえず、春市さんの提案に乗る。そう決めると自然と腹をくくれた。

自分の名前に愛着を感じたことはないけれど、今回ばかりは感謝したい。

「待ってくれ。得体のしれない女を住まわせるなんて、絶対にやめてくれ」

「でもこいつはなぜか映画館のことに詳しい。普段客が通らない裏口も知っていたし、そこに辿《たど》りつくまでの複雑な道のりも迷うことはなかった。雪がこの映画館の間取りやらを詳しく知っているのなら、放置しておくほうが危険だろう」

「だが……！」

「ここで放り出して、その腹いせに千秋の過激なファンに裏口の入り方を勝手に教えられたら、千秋の平穏は二度と戻らないぞ」

春市さんがそういうと、千秋さんは苦虫を噛み潰したような顔でしばらく考え込む。

「確かにな。だが、こいつを住まわせるつもりなら、自分か春市の目の届く範囲にいることが条件だ」

千秋さんは私をぎろりと強く睨《にら》みつける。それが喋《しゃべ》っていいという合図に思えて、慌てて口を開く。

「あ、ありがとうございます。すみません、しばらくお世話になります」

一時の寝床は手に入れたけれど、急な展開に、やっぱり理解が追いつかない。

ちらりと目線を上げると、ふてくされている千秋さんの横顔が目に入る。

そんな顔をしていても、完璧な絵になる。

本物の、三峰恭介？

だとしたら――尊すぎる。

信じられない。恐怖や不安はきりがないほど襲ってくるのに、憧れの人が息をしていると思っただけで、心が簡単に浮遊する。

考えないといけないことが多いのに、つい、星を背に佇むその姿に目を奪われていた。

第一章　そっくりさん

やっぱり、ここは異常だ。

昨日は暗くて気づかなかったけれど、映画館自体が新しい。来年百周年を迎えることもあり、毎年修繕費が数百万単位で飛んでいくほど、六等星シネマはおんぼろだ。

それに、どうやら六等星シネマではなく、三島映画劇場という名前らしい。

昔、まだ私が小学生の時に、常連のおじいさんから昔は六等星シネマではなく三島映画劇場という名前だったと教えてもらったのを思いだす。

開館五十周年を記念して、現代風な名前に付け替えたと言っていた。

六等星シネマは来年百周年。

つまりここは、少なくとも約五十年以上前だというのは確かだ。

戦争中なのかは正直よくわからないほど、夜はとても静かで、朝も穏やかに明けていった。爆弾の音も、銃撃の音もしない。

車の走る音も電車の音もせず、怖いくらい静か。

道はアスファルトで舗装されていないし、みんな着物とも言えない不思議な服を着ている。もんぺとでも言うのだろうか。正直何もおしゃれでもないし、色もくすんだアースカラー。

「――雪ちゃん。もんぺの着方も忘れてしまったの？」

大きな目が、驚いたのかさらに大きくなる。

「え、えっと……、何か変ですか？」

「うん。上に着た着物の裾は、全部ズボンの中に入れるのよ」

　ノーメイクなのに長い睫毛《まつげ》に透き通るような白い肌。興味深げにじっと見つめられると、大きな黒い瞳に吸い込まれそうになる。小柄でかわいらしい女性は、驚いた顔から一転して破顔する。そして丁寧に私の服を直してくれた。

「服の着方も忘れるなんて、頭でも打った？　春市が心配していたわ」

「そうなのかもしれないです……。記憶が全然なくて」

　通用するかわからなかったけれど、とりあえず記憶喪失という手を使うことにした。もっと先の未来から来た、なんて、説明してもわかってもらえなさそうだし、もし自分が春市さんや千秋さんの立場だったら、不審者扱いするのは当然だ。面倒ごとに巻き込まれたくないから警察を呼ぶなり病院に送るなりするだろう。

　だから、記憶喪失で何もできない、という体《てい》でしばらく暮らすしかない。

　映画館の中にある、五畳の宿直室に昨日は泊めさせてもらった。

　正直考えることが多くてほとんど眠れなかったけれど、空が白み始めてきたと思ってから記憶がなく、いつの間にか眠っていたみたいだった。

　起きたら現代に戻っているのかもしれないとほんのひとかけらの希望を抱いていたけれど、その期待はまんまと裏切られた。

何をしていいかわからないまま布団の上でぼんやり座っていると、この女性がやってきて、服を用意してくれた。

昨日は混乱していたからか何も感じなかったけれど、寒い。制服代わりに着ていた半袖のポロシャツでは風邪を引きそうだったから、もんぺでもなんでもありがたい。

明らかにこの場所の季節は冬だった。現代は夏だったのに……。

「あの、小夏さんもここにお住まいなんですか？」

尋ねると彼女は菩薩《ぼさつ》のような穏やかな笑みを湛えながら首を横に振る。

「違うわ。ここはわたしの実家だけど、今はお嫁にいって、すぐ傍で暮らしているの。元々は春市が映画館の敷地《しきち》内にある母屋《おもや》に一人で住んでいたんだけど、千秋が東京から帰ってくるから飯を作ってくれって頼まれて。で、来てみたら、雪ちゃんがいるでしょ？　春市から記憶がない女の子を拾ったって聞いて、びっくりしちゃったわ」

ごめんなさい……、と頭を下げる。

小夏さんは昨日聞いていた、春市さんと千秋さんのお姉さんだ。

三十を過ぎたと本人が言っていたけれど、完全に女子高生くらいにしか見えない。

しかも《三峰恭介の姉》にふさわしいと納得するほどの美人。

三峰恭介に兄弟がいることは、もちろん彼のファンとして知っていたけれど、彼はあまり私生活や生い立ちを語らなかった。兄弟の写真や名前は公表されていなくて、こんな美男美女揃《ぞろ》いだとは思わなかったから心底驚いている。

「雪ちゃん、暇なら家事を手伝ってくれる？」

尋ねられて、ひゅっと心臓が縮こまる。

「わ、わかりました」

笑顔で頷くと、小夏さんは「助かる！」と明らかに胸を撫で下ろした。

「わたし、子供がいるんだけど、子供の面倒も見ないといけないから、雪ちゃんがいてくれて本当によかった〜。春市一人ならわたしだけでも大丈夫だけど、千秋もとなると人手が足りないと思っていたのよね」

「お役に立てたら嬉《うれ》しいですが……」

笑顔でうまいことを答えつつ、全身が冷え切っていくのを感じる。

家事って、一体何をするの？

一応、両親がいない時間が長かったから、洗濯や裁縫、掃除はできる。ただ、手料理が苦手な私は、基本的に食事は出来合いのもので済ませてきた。

つまり料理はほとんどできない。

ど、どうしよう。わかりましたって言っちゃったけど……。

それに、もしかして昨日春市さんが私を住み込みで働かせてくれるって言ってくれたのは、忙しい小夏さんの代わりに家のことを私がやるため？

どうしよう。自分が戦力になるとは到底思えない。

空気は冷えているのに、だらだらと冷や汗が背筋を伝っていくのがわかる。

勝手な想像だけど、この時代の女性って、家事が一とおりできて当たり前な気がする。もしできないって言ったら、何の役にも立たないとみなされて、早々に追い出されてしまうかもしれない。

でもちょっと待って。家事ができるできない以前に、洗濯機とか、冷蔵庫とか、機械はあるの？　もしかして、火おこしから始める、とか……？

「じゃあ雪ちゃんにはごはんを一緒に——」

「あ、あの！　私、見学してもいいですか⁉」

半ば食い気味に叫ぶと、小夏さんは目を瞬く。

「台所は勝手がわからなくて小夏さんの邪魔になるかもしれないので、申し訳ないですが今日は見学させてもらえると助かります。もちろん簡単なことは手伝います！」

もっともらしく言い訳をつけて、料理という行為から逃げ出す。

解決策にはならないとわかっているけれど、とりあえず時間稼ぎをして状況を把握するしかない。自分の笑顔が引きつっていることは嫌でもわかる。でも無理だよ絶対！

「……確かにそうよね。元々今日はわたしがごはんを作るって約束で来ているから気にしないで見学していて。じゃあ始めるわ」

よかったあ、とほっとして張った肩を緩める。とりあえず今日は一とおり見学させてもらって、この時代の料理がどんな感じなのか学ぶしかない。

安心したのもつかの間、てきぱきと竈《かまど》に薪《まき》を放り入れる小夏さんを見て血の気が引く。やっぱり、ガスコンロとか炊飯器とかないんだ。

「薪はここにあるから適当に使って。足りなくなったら春市に相談してくれたらいいわ。それで、鍋はここで、お米は……よかった、精米してある。もししていなかったら、知っていると思うけど一升瓶に入れて、棒で突いて精米して……」

くらくら眩暈がしてくる。

全然理解できない。お米を棒で突いて精米させるって何？　どんな状態になれば、精米できたと言えるの？　薪ってどうやって火をつけるの？　火がついたら、映画で見たことがあるけれど、竹筒で風を送ったりするの？

疑問符ばかりが頭の中で台風のように渦巻いている。

何より、完全にタイムスリップしている。

古典的だけど、自分の手の甲をきゅっとつねってみる。すると、じんわりと痛みが広がった。うん、やっぱり夢じゃない。夢ならとっくに醒《さ》めているはず。

「どうしたの？　雪ちゃん。顔色が悪いけど……」

「あ……、えっ、と、あの、私――」

「なんだお前は。手伝いもせずに突っ立っているだけか？」

嫌味が含まれた声が響いて、反射的に振り返る。すると見目麗《みめうるわ》しい男性が私を見下ろしていた。

す、すごい。すごい。昨夜会った時よりも、さらに《三峰恭介》だ。

すごい。すごい、すごい。心臓が勝手に跳ね上がる。

あんなに憧れていた人が目の前にいる。この人が出ている作品は何百回も見た。

白黒ではなく、見たこともない色で鮮明に色づいて、目の前に佇んで息をしている。

すごい——。

語彙力が消《き》え失《う》せ、すごい、しか出てこなくなる。

見つめられていることに羞恥心が湧き上がるけれど、目が離せない。どうしよう、あまりに素敵すぎる……。

感動と陶酔を覚えていたけれど、私に向けられているのは、ごみを見るような目つき。

その視線の冷たさに急激に我に返って、ぽかんと開いた口をぐっと噛みしめる。

「今日は見学です！　物の場所を覚えたりしていて——」

「それはもっともだが、手伝いながら覚えることはできるだろう？」

冷たい言いぐさに、カチンとくる。血の通っていないような言葉に、自分の中の《理想の三峰恭介》が少しずつ崩壊していく。

「そ、そのとおりですね！ 小夏さん、手伝います！」

慌てて小夏さんの傍に駆け寄り、積んであった薪を手渡す。

そんな私の様子をじっと見ている千秋さんは、明らかに不機嫌そう。

めちゃくちゃ警戒されている……！

彼にとって私は不審者だとわかっているけれど、何だかもう見られている恥ずかしさやら、悲しさやら、言葉にならない感情が私を飲み込む。混乱が混乱を呼び、どうしていいかわからなくなる。

「ちょっと千秋。あなた、もっと優しくしないと駄目よ。東京でもいつもそうなの？」

小夏さんが肩を竦《すく》めると、千秋さんはムッとしたように眉を顰める。

「東京ではうまくやっているさ。こいつは得体の知れない女だからな」

苛立ち。千秋さんから怒りが伝わってきて、目を合わせることもできず俯く。

私がおかしな女だと警戒して、見張っているのはわかっている。でも、こんなに嫌われているのを目《ま》の当たりにすると、正直すごく悲しくなる。

仕方がないことは理解しているけれど……。

「駄目よ、そんな態度。苛立っていないで、ねぎらうことくらいしなさい」

「苛立ちたくもなるさ。朝から大騒ぎで……、ここくらいしか平穏な場所がない」

千秋さんは、疲れたように土間から部屋に上がる框《かまち》に腰かける。

「千秋が実家に帰ってくるのも、十五年ぶりくらいだもんねえ……。騒ぎになるのは仕方ないわよ。諦めるしかないわ」

「騒ぎ？」

何が起こっているのかよくわからず、首を傾げると、小夏さんが苦笑する。

「銀幕の大スターの三峰恭介が十五年ぶりに東京から熱海の実家に帰ってきたって町の人が聞きつけて、映画館に殺到している、のよ」

「うるさくて落ち着けない」

ぶすっとしたまま、千秋さんが吐き捨てる。

確かに耳を澄ますと、何か喚《わめ》いている声がする。

朝早く小夏さんがやってきて、そのあとすぐに映画館の敷地のはずれにある母屋の炊事場に連れていかれたから気づかなかった。現代ではここは新しく倉庫になっていて、お客様が入れる場所ではない。あの時計を見つけた場所だ。

恐らくこの時代でも現代と同じで、お客様は入れない場所になっているんだろう。母屋は映画館から少し離れているのに、時折響いてくる喚き声に落ち着けないのはわかる。

それにしても、千秋さんはいつ熱海に戻ってきたのかな？　話からは数日前のような気がする。尋ねたいけれど、絶対に答えてくれないような気がして、口を噤《つぐ》む。

「なんだ。何か言いたいことがあるのか？」

そわそわしていた私に、千秋さんは相変わらずの喧嘩腰《けんかごし》で話しかけてくる。

「い、いえ。別に……」

何も、と言った私に、千秋さんはますます眉を顰めた。

「そんな顔で、何もないわけがないだろう。はっきり言え。鈍《どん》くさい」

ど、鈍くさい。

私が好きな三峰恭介はいつもスマートで、優しくて、こんなことを言うはずがない。

もちろん会ったことはないけれど、同業者や映画監督、近所に住んでいたおじいさんまで、彼の回顧録で口を揃えて《すべてが完璧な紳士》だったと証言している。

憧れ続けたあの人は、こんな風に人をけなすような人じゃない。

どんどん理想が崩壊して、勝手に抱いていた幻想から醒めていく。

はあ、と胸のあたりに突っかかった何かを吐きだすようにして息を吐く。

この人は、私が大好きな三峰恭介と同一人物だとは到底思えない。

ただのそっくりさん。

そうだ、絶対にそっくりさんだ！

「言いたいことなんてないです。――千秋さんに興味がないので」

私が興味を持っているのは《三峰恭介》だ。《三島千秋》じゃない。

にっこり微笑むと、千秋さんは目を見張った。小夏さんも口をあんぐり開けている。

固まった空気がすぐに動き出すことはなく、しばらく冷たい空気が満ちていた。

そっくりさんには興味がない。

そう言ったのは、これ以上この人に幻滅したくなかったから。

もしかして私が今いるここは、タイムスリップじゃなくて、私のいた世界とはちょっとずれてしまったパラレルワールドって場所なのかも。

そう思うと納得する。三峰恭介は私にとって神で、こんなつんけんしたただの人間じゃない。だからきっと、現実世界に似た完全に別の世界なんだろう。

ああ、せっかくなら、《本物の三峰恭介》に会いたかったな。こんなそっくりさんじゃなくて、本物に会ってみたかった。

千秋さんは何かを言うこともなく、驚いた顔のまま依然私を見ていた。

その視線を完全に無視して、驚いて動かない小夏さんを横目に、自分で薪を竈に放りこんでいた。


「――ものすごく、まずい」

千秋さんが、味噌汁《みそしる》を口にしたあと、身も蓋もなくそう言い放った。

そんなにはっきり言わなくても、と悲しくなったけれど、確かに味が微妙だった。

無論、味噌汁は私が作ったものだ。小夏さんから「味噌汁はお願いしようかな」と言われて作った結果がこれだった。

「すみません」

謝ると、千秋さんはやっぱりぶすっとした表情のまま、味噌汁を口にする。

「……食えないほどじゃない」

さらに追い討ちをかけられてぼろくそに言われるかなと身構えていたから、その言葉は少し意外だった。

「千秋の言うとおり、食えないほどじゃない。だしは取ったか？」

千秋さんと同じく、味噌汁を口にした春市さんが首を傾げる。

だし。その言葉に、味がいま一つなのは、それが原因だと理解する。

ここには顆粒《かりゅう》だしもなく、昆布や煮干はあったけれど、だしの取り方がわからなかった。現代ならネットですぐに調べられて何とかなるかもしれないけれど、私のスマホは六等星シネマの自分のデスクの上だ。小夏さんに教えてもらおうと思ったけれど、子供が心配だからと煮物や他の料理を作ったらすぐに帰ってしまっていた。

「……本当にすみません。だしの取り方がよくわからなくて」

箸を置いて頭を下げる。ヘタな言い訳はせず、謝ってしまったほうが疑われずに済む。また小夏さんからだしの取り方について詳しく教えてもらうしかない。誰かに教えてもらわないと何一つわからないのは不便で、ついスマホを探したくなる。

でもうここは現代じゃない。何とかして馴染《なじ》まないとならないのに自分がふがいなくて嫌になる。どうしよう――。

「お前はどこぞの姫様か」

落ち込んでいた私に、千秋さんがうんざりした顔でそう言った。

「料理もできないなんて、使用人にやらせていたのか？　もしやお前はどこかのお屋敷《やしき》から逃げてきたのか？」

それは違う、と言おうとしたけれど、記憶がないと言っている以上、すぐに否定するのは怪しまれるかもしれない。千秋さんは明らかに私を疑っているし、私が何者か探っている気配がある。これ以上おかしなことを言うのはまずい。

「えっと……。多分違うと思いますが、そうなのかも……？」

小首を傾げると、千秋さんは一気に笑顔になった。

「お前のような令嬢がいるわけがない！　本物の姫君は箸を持つ所作一つ違う！　たとえ記憶を失っていても、身に着いたものは失われないぞ。こんなちんちくりんな女が姫君のはずはない！」

腹を抱えてげらげら笑う姿に、一気に苛立ちを覚える。

この人、すっごく失礼。さらに理想が崩壊して幻滅していくけれど、その笑顔は反則だと思ってしまうのは、長年の三峰恭介のファンだから。

こんな素の笑顔なんて、見ることができるとは思ってもいなかった。

心の底から残念すぎる。そっくりさんだとしても、顔は本当に素晴らしいのに！

「ええ。姫君ではないですよね。料理は記憶が曖昧で手順すら忘れてしまいました。正直に言うと、掃除、洗濯もよくわかりません。でも教えてくれたら覚えますから」

依然笑っている千秋さんに、そう言い放つ。笑われているのは仕方ない。だってこの人が言うとおり、私はお姫様でもご令嬢でもないし、味噌汁一つ満足に作れない。でも、憧れていた人に馬鹿にされるのは恥ずかしいし、悲しい。

千秋さんは急に笑顔を消した。泣き出しそうになった私に気づいたのかもしれない。

駄目だ。泣くな。泣いたって、何も解決しない。それは現代でもここでも同じ。

込みあがる涙を必死で堪《こら》える。絶対に泣かない。

ぎゅっと拳を強く握る。

「今の私は何もできないですが、――映画館の仕事はできます！」

できないことばかりだけど、今まで培ってきたものの中で、ここでもできることは確かにある。

「生活はままならないが、映画館の仕事はできる、ということか？」

黙っていた春市さんが淡々と尋ねてくる。

「はい。映画館の仕事は覚えています」

都合がいいと思われても仕方ない。ここはもう押し通す。

「映写は？」

「もちろんできます！」

「そうか。ならちょうどいい。雪が来る少し前に映写技師が徴兵されて、おれが一人で切り盛りしている状態だ。やってくれ。助かる」

「あ、ありがとうございます！」

勢いよく頭を下げる。ようやく自分がしばらくここにいていいと言われた気がした。安心感に胸が熱くなる。

ん？　でも待って。徴兵？

聞き慣れない言葉に、肝が冷える。徴兵ってやっぱり――。

「それなら早く飯を食え。おれはもう仕事に戻る。食べたら雪も来い」

「あ、私ももう大丈夫です」

立ち上がろうとすると千秋さんが声を上げる。

「お前、まだ全然食べてないだろう。先に食べろ」

自分が作った味噌汁を少しすすり、ごはんもほんの少し食べただけ。小夏さんの作ったものは手をつけていない。もしかして心配してくれた？　いやいや、考えられない。

「えっと……。時間が空いたら食べますね。片付けもあとで私がやりますので、みなさんの食器もそのまま置いておいてください」

「だが――」

「大丈夫です！」

千秋さんの声を遮って、先に母屋を出ていった春市さんを追って部屋を出る。

食べていないじゃなくて、本当は手料理が食べられない。

小学生の時のトラウマのせいで《手料理は愛情の裏返し》としか思えず、手料理を振る舞われると、私なんかが食べていいのかと毎回悩む。

でも、どうしても食べられない。考えるだけで胃がむかむかしてくる。食べても吐いて無駄にしてしまうくらいなら、別の誰かが食べてくれたほうがいい。

走って生活スペースのある離れから映画館に向かう。

すると、映画館の前に人だかりができているのが見えた。

皆一様《いちよう》に着物か、私と同じようなもんぺを着ている。彼らはその姿で、老若男女等しく、何かを叫んでいる。

「え……、この時代の映画館ってこんなに盛況なの？」

驚いて思わず呟く。

百人以上の人が映画館の正面玄関付近で押し合いをしていた。こんな騒動みたいになっているなんて、どんな話題作でも現代では考えられない。一体何を上映しているんだろう……。

あの人波に巻き込まれたら、二度と出られないかもしれないと不安になり、従業員しか知らない裏道に向かおうと方向転換する。するとその時、沿道から声が上がった。

「恭介さま〜っ！　お会いしたい〜！」

「三峰恭介に一目会わせろーっ！　オレは初出演作から応援してるんだーっ」

思わず足を止める。

え、もしかしてあれって、もれなく全員三峰恭介のファン⁉

騒ぎになっている、とは聞いたけれど、まさかここまで？

殺気立ったファンであろう人たちに、恐怖を覚える。

熱狂、という言葉がぴったり。でも、もし現代で私も三峰恭介に会えるかもしれないってなったら、絶対にあの一員になっている。

理想と現実の乖離《かいり》に、絶対にそっくりさんだと自分に言い聞かせてきたけれど、やっぱりあの人は本物の三峰恭介なのかな……？

「──ちょっと！　あたしは映画を観に来たのよ！　どいて！」

疑心暗鬼になっていると、そんな声で我に返る。雑踏の後方で、怒鳴り声が響いた。

「どいてちょうだい！　三峰恭介なんて、どーでもいいっ！」

「なんだと⁉　どうでもいいとはなんだ！」

まずい。喧嘩が始まりそう。

確かに三峰恭介のファンたちが入り口を塞いでいたら、普通に映画をご覧になるお客様が中に入れない。ファンが憧れの人に会いたいという気持ちは本当にものすごくよくわかるけれど、営業の支障になる。

「女！　うるさいぞ！　帰れ！」

「なんですって⁉　あなた、あたしを知らないなんて、地元の人間じゃないわね⁉」

「はいっ、大変申し訳ありません！　もし映画をご覧にならないようでしたら、敷地の外にご移動お願いします。ご覧になる方はこちらにどうぞ〜」

にっこり営業スマイルで、喧嘩が始まりそうな二人の間に滑り込む。

面食らったように、二人はぽかんと口を開けた。周囲にいた人たちも突然割り込んできた私に戸惑ったのか、喧騒《けんそう》が静まった。

「う、うるせえ！　三峰恭介はいるのか⁉　出せ！」

「おりません。ですので、映画をご覧にならないようであれば、申し訳ありませんがお引き取りください」

「嘘だろ！」

「嘘も何も、今ここにおりません。他のお客様のご迷惑になります。お帰りください」

笑顔のまま、じっと両目を見つめて、毅然《きぜん》とした態度で接する。

入社してから約二年。数々のクレーマーに対応してきたからわかる。彼らは曖昧な態度を取ると付け上がる。はっきりきっぱり「できない」「無理」と言い続ける。

その際に、相手から目を逸《そ》らさない。オドオドした態度は、相手を助長させる。

「うるせえ、放っておけ！　会えるまで帰るわけねえだろ！」

お客様は神様です、なんて時代は終わった。この時代は知らないけど、少なくとも私には、この場所で働いているという誇りがある。だから、譲れない。

「当館には当館の決まりごとがあります。ここは映画館の敷地内ですので、うちの決まりを守っていただけないようであれば、たとえお客様であろうとも、残念ながらお帰りいただくしかありません」

「だから……！」

「映画をご覧にならないのであれば、お帰りください。本来なら、映画を観ないお客様でもふらっと立ち寄ってくださるのは、もちろん大歓迎です。しかし、近隣の迷惑になったり、純粋に映画を楽しみにお越しくださった他のお客様に迷惑をかけたりするようならお帰りください」

怯まずに、今日のところはお帰りを、と言うと、男性はわなわなと唇を震わせる。

「そうよ。彼女の言うとおりだわ。あたしは映画を観に来たの。あなたたちが道を塞いでいたら、大迷惑なの。早く帰ってくださる？」

初めに言い争っていた女性も加勢してくれて、空気が変わるのを感じる。文句を言っていた男性は、苦虫を嚙み潰した顔になる。

「こんなところ、二度と来ねえわ！」

捨《す》て台詞《ぜりふ》を吐き、男性が踵《きびす》を返《かえ》して雑踏から出ていく。それを見ていた三峰恭介のファンの人たちも、連なるようにして敷地の外に移動する。

二度と来ない、か。ああいう捨て台詞を吐く人は、初めからお金を払って映画を観るつもりなんてなかっただろうに。それか三日後ぐらいにそ知らぬ顔でまたやってくる。

傍から人がいなくなって、やれやれと肩を落とす。ここにきて膝が小さく震えだした。クレームに慣れたと言っても、敵意むき出しの人間に対峙《たいじ》するのは、神経を使うし、すごく疲弊する。

「ありがとう。助かったわ」

そんな声で我に返る。顔を上げると、傍にいた女性が私を見ていた。

あまりしっかり顔を拝見していなかったけれど、私と同年代くらいの、ぱっちりした猫目が印象的な美しい女性だった。

「あ……、い、いえ、ご迷惑をおかけしまして申し訳ありませんでした。映画、間に合いますか？」

「ええ。あなたのおかげで間に合うわ。……それにしてもあなた誰？」

誰？　と言った途端、女性の顔がみるみるうちに般若《はんにゃ》の形相《ぎょうそう》になる。

「――えっ？」

「え？　じゃなくて、一体誰？　あなたのこと初めて見た。ここで働いているの？　まさか、春市様の許嫁《いいなずけ》とかじゃないでしょうね⁉」

い、許嫁⁉　現代では実際に聞いたこともない言葉に、度肝を抜かれる。彼女は目を吊《つ》り上《あ》げて、私に詰め寄る。

「春市様に色目を使ったら絶対に許さないから！」

「違います！　許嫁でもありませんし、色目なんて使いません！」

さすがに雇用主にそんなことをするのはまずい。

「――豊代《とよ》。うちの従業員に喧嘩を売るな」

疲れを含んだ声が響いて振り返ると、春市さんが立っていた。

「春市様っ！　やだ、喧嘩なんて売っていませんから」

豊代と呼ばれた女性は、私を突き飛ばして春市さんのもとに駆け出す。

変わり身の早さに、私はぱちぱちと瞬きしかできず、ただ呆然と突っ立っていた。

「雪、一応紹介しておく。近くに住んでいる山積《やまづみ》豊代だ。よく来るから覚えておけ」

「こんにちは。豊代です」

「は、初めまして。穂高雪です。よろしくお願いします」

笑顔で頭を下げるけれど、豊代さんは私を一瞥《いちべつ》しただけで春市さんにしきりに話しかけている。

なるほど。豊代さんは三峰恭介ファンではなく、春市さんファンなのか。

一気にどっと疲れが押し寄せてくる。これからずっとこんな感じなのかな。

もしかしたら明日もたくさんの人が三峰恭介見たさに映画館を訪れるのかもしれない。豊代さんみたいに、春市さん目当ての女性客も来たら、一体どうなるの？

ただもう不安しかない。

「どうした、雪。映写室に来い」

「あ、はい！　すみません！」

慌てて駆け寄ると、あからさまに豊代さんが嫌そうな顔をする。

「ちょっと、雪。わかっているわよね？」

何が、と言わずとも、伝わってくる。二人きりになっても色目を使うな、だろう。

それにしてもすごい。会ったばかりなのに、当たり前のように呼び捨てにされた。豊代さんの性格が伝わってくる。

「もちろんです！　ご安心を！」

笑顔を向けるけれど、明らかに苦笑いになっていた。

そんなことに構っていられずに、私は逃げるように映写室に飛び込む。

その途端に、カタカタと規則正しく刻まれる小さな音が、部屋の中に満ちていること
に気づく。
この音って……。
「雪が映写できるなんて、助かるな」
春市さんがぽんと置いた手の下で、機械が動いている。
鈍い銀色の機械から光の帯が一直線に放たれて、揺らめきながら蠢《うごめ》いているのを見て、
一気に血の気が引く。
「す、すみません……！　え、映写はできるんですが、フィルムの映写機は経験が少な
くて……！」
明らかに、35㎜フィルムの映写機だ。
私が入社した頃にはすでに映写機は35㎜フィルムからデジタルの映写機に代わり、何
も考えずにボタンを押すだけで映写できた。つまり上映を始めるだけなら、誰でもでき
ると言っても過言じゃない。
対して、35㎜フィルムの映写機は専門性が高い。
映画の長さにもよるけれど、何巻かあるフィルムを一本に繋《つな》ぎ合わせ、フィルムを映
写機にセットする。その前にフィルムに傷がないかチェックしたり、もしあればフィル
ムを切って繋ぎ合わせる。無論重いし、女性にはなかなか重労働な仕事だ。

映写中も確かフィルムが巻かれたリールを切り替えたり、機械にリールを付け替えたりする作業があるはず。

六等星シネマには、35㎜フィルムの映写機があるけれど使われずに眠っている。三峰恭介の映画だって、早々に4Kデジタルリマスター版が作られ、DCP《デジタルシネマパッケージ》というデジタルの上映素材になってしまっている。

この時代の映画はフィルム上映だって、冷静に考えればすぐにわかることなのに――。しまった。どうしよう。今更できないなんて――。

「それは、機械が違うということか？」

混乱している私に、春市さんは相変わらず淡々と話しかけてくる。

その落ち着いた声を聞いて、頭の中の靄《もや》が少し晴れる。

「は、はい。そうです。この形の映写機は一、二度しか触ったことがなくて……」

入社した時に、念のため覚えておこうかと言われて少しだけ教えてもらった。

でもそのあとはフィルム映写機の出番は一切なく、デジタルの映写機ばかり触っていた。しかも、これは六等星シネマにあったフィルム映写機とは少し違う。触ってみれば何となく動かせそうな予感はするけれど、フィルム自体に傷をつけてしまうようなことがあれば責任問題になる。ど、どうしよう――。

「そうか。残念だ」

春市さんは抑揚のない声で淡々と言った。それがまた不安を助長する。

ひやひやと全身から熱が消えて失せる。やっぱり私なんてここに置いておく価値がない。そう言われているようで、動揺が止まらない。

爪が手のひらの薄い皮膚に食い込むほど、ぐっと強く握りしめる。

結局、私、何も――。

「――一、二度、触ったことがあるんだろ？　それなら俺が教えてやる」

そんな声が映写室の中に響いて、我に返る。

勢いよく振り返ると、ドアのところに千秋さんが立っていた。

「千秋。お前にはやらせたくない。大丈夫、おれが教える」

春市さんが首を横に振る。

「別に映写を教えるくらいなら平気だ」

「だがな……。お前は」

「心配するな。何もしないで過ごすほうが辛《つら》い」

千秋さんの口調は強くて、やはり苛立っているように見えた。私が何もできないことに対して怒っているのが伝わってきて、体も心も縮こまる。

――怖い。

そんな感情が心の中いっぱいに広がる。憧れの人かもしれないという思いは完全に消え失せる。ただ彼らの期待に応えられない自分がふがいない。

自分が《出来損ない》だと嫌でも理解する。医者になれなかった時点で、その言葉を否定できなかったから受け入れてきたけれど、関係のないここにいてもそう思う。

帰りたい。そんな気持ちが膨らんで、不安に飲み込まれそうになる。

でもどうやって帰るの？　手段もわからないのに、もう私、どうしていいか——。

「大丈夫だ。それに《お目付け役》がいたほうが、春市も安心だろ？」

お目付け役？

その言葉に現実に引き戻される。千秋さんは有無を言わさないような態度を崩さず、春市さんはしばらく黙って何かを考えていた。でも諦めたのか、小さく頷く。

「わかった。それなら雪は千秋に教えてもらえ。千秋、無理だけはするな」

春市さんは上映中の映画がまだ終わらないのを確認して、一旦映写室から出ていった。

あとには千秋さんと二人、狭い映写室の中に取り残される。

「あの……、すみません。教えていただけるなんて、ありがとうございます」

彼に抱いてしまった恐怖心から、気づけば深々と頭を下げていた。

「別に気にするな。映写はここで育ったからできるし、東京でも何度か映写機を触ったことがある。俺は家にいてもやることがなくて暇だからな」

「すみません……」

自分が役立たずで申し訳ありません。

そう言おうとしたけれど、卑屈だと気づいて口を噤む。でも私の逡巡《しゅんじゅん》や些細《ささい》な仕草から、千秋さんは察したようだった。

「俺も春市も、お前が何か一等すごいことができるなんて、初めから期待なんてしてない。できると思ったが、いざ映写機を前にしたら記憶がないことに気づいた、といったところか」

「……ごめんなさい」

嘘を吐いていてごめんなさい。記憶喪失という言葉で、こうやってみんなを騙《だま》している。

ああ、すごく落ち込む。暗い感情が湧き上がって私を飲み込んでいく。

「――だが、助かった」

思ってもみない言葉に、息を呑む。顔を上げると、千秋さんが私をじっと見ていた。

さっきまで感じていた怒りのようなものが彼から伝わってこない。

「やじうまたちを追い払ってくれただろ？　朝から困っていたから助かった」

「……それは、私が役に立ったということですか？」

おかしなことを尋ねるな、とでも言いたげに、千秋さんは眉を顰《ひそ》める。

「役に立つという言い方はやめろ。助かった、と言っただろ。お前のおかげで少なくとも俺は救われた、と言っている。それに、さっきは姫君だの茶化して悪かった」

瞼に強い熱が走る。泣かない。そう思っているのに、勝手に涙が落ちる。

「泣くな。面倒な女だな」

「すみません……」

「謝るな。そういうところが面倒だ。お前を見ていると、昔の自分を思い出す」

昔の自分？　疑問が湧いたけれど、尋ねる前につい謝っていた。

「すみ、……ごめんなさい」

「おい、言い換えても同じ意味だぞ。もう二度と謝るな」

ははっと軽やかな笑い声が、カタカタと規則正しい映写の音の間に聞こえる。

思わず目を向けると、千秋さんが私に向かって優しく微笑んでいた。

演技じゃない笑顔だ。

映画の中でも見たことがない、素の笑顔。心に溜《た》まった靄が一気に晴れていく。さっきまでこの人が怖いと思っていたのに、それが消え失せる。ああ、私って本当に現金。

そっくりさんだろうけれど、彼の笑顔一つで全部うまくいくと思える。

――この人は、幼い頃から私の救世主。

それは紛れもなく、今この瞬間も。

「あの、頑張りますので、よろしくお願いします！」

頭を深く下げる。そして顔を上げた時には、涙はもう止まっていた。

「おい、よく見ろ。黒い丸が出たら七秒後にもう一度黒い丸が出る。それがもう一方の映写機に切り替える合図だ。今一秒ずれたぞ。絵がつながってなかっただろ」

フィルムでの上映は、本当に大変だ。

一つの映画で使われるフィルムは、だいたい五巻。それを二台の映写機にそれぞれセットして切り替えながら上映していく。

千秋さんが言っているのは、その切り替えのタイミング。チェンジマークと呼ばれるそれは、知識としては知っていたけれど、実際にやるとすごく難しい。

切り替えの場面や時間を頭に入れておかなければならないし、タイミングを間違えるとコマが飛んでしまい、映像が乱れる。

どれだけスムーズに上映ができるかが、映写技師の腕の見せ所だ。

現代ではもうデジタルでの上映になっているから、こんな苦労味わったこともない。

切り替えなくても勝手に最後まで上映してくれる、本当に便利な時代だった。

「切り替えたらすぐ次のフィルムをセットしておけ」

「わかりました！」

上映が終わったリールを外し、次に使うフィルムを巻いたリールをセットする。

正直重い。一巻でさえ重いのに、映画一本分のフィルムはかなりの重さになる。

女性の映写技師が少ないのも頷ける。これはかなりの重労働だ。

通常の営業が終わったあと、深夜近くまで千秋さんと二人で特訓しはじめて二日目。手順は覚えてきたけれど、やっぱり切り替えのタイミングは数をこなして肌で覚えないと難しい。

次のリールをセットして一息つく。次の切り替えまであと十五分くらいか。

「――それで、金の計算は覚えたのか？」

安心して気が抜けた私に、容赦なく鬼の声が追ってくる。

「お、覚え……ました」

「嘘だな。金まで忘れたと知った時には正直放り出そうと思ったぞ。ほら、この映画の観賞料はいくらだ」

「ええっと、九十五銭です！」

目の前に置かれた小銭と紙幣を慎重に見比べる。

変な塔の絵柄が描かれた十銭札に、神社の鳥居が描かれた五十銭札。五銭はお札も硬貨もある。五銭札は馬に乗った誰かの絵だ。いろいろな組み合わせや状況を想定して九十五銭を作る。

作品によって値段が違うものもあるから、千秋さんにこの作品ならこうで、と説明しながら特訓する。千秋さんは黙ってそれを見ていた。

受付を初めてやった時に絶句した。見たこともないお金や、一銭という貨幣の価値が全然理解できなかった。映画料金が一般二千円時代に突入したというのに、この時代は現代とはまったく異なる貨幣価値。

一円はまだ馴染みがあるけれど、《銭》って何⁉ と、酷く動揺した。

結局お金のやりとりもできなかった私に、映写の合間を見て千秋さんが教えてくれている。相変わらずスパルタで怖い。何度も間違えて、もうお前の世話は無理だとさじを投げられそうだったけれど、なぜか見捨てないで私の特訓に付き合ってくれている。

優しい、のとは少し違って、面倒見がいい、という言葉がしっくりくる。

私の手元をじっと見る千秋さんを、つい盗み見る。手入れもしていない指を見られて本気で恥ずかしい。でもこの位置からだと、千秋さんを遠慮なく眺めることができる。

伏せられた瞳を縁取る彼の睫毛が長い。何の憂いもない肌が美しい。ああ、口を開かなければ本当に素晴らしくいい男なのに……！

「――よし、覚えてきたな」

その声に我に返った。慌てて「ありがとうございます」と頭を下げる。危ない。気もそぞろになって失敗したら、また怒られるところだった。お金を片付けたあと、映写を確認するためにスクリーンを覗く。

スクリーンに映っているのは、三峰恭介の映画である『天を駆ける』。このシーンなら、切り替えまでまだあと十分弱くらいある。そう思ったらつい気が緩んだ。

ちらりと横目で千秋さんを見ると、じっとスクリーンを眺めている。

自分の映画を自分で見るって、どんな感じなのかな。

楽しいとか面白いと思っているようには見えない。どちらかというと後悔かな。

ずっと険しい顔をしているし、自分の演技に対して、さらに最善の解答を探しているような気配がする。

千秋さんは本当に《三峰恭介》なのか――。

まだどこかで本人だと信じられずにいる。

憧れが強ければ強いほど、信じられない。本人からすれば迷惑な話だけど、三峰恭介を聖人君子のように崇《あが》めていた私には、現実の彼を簡単に受け入れられない。

次の切り替えまで時間があるから、壁にもたれかかって座る。

映写機のカタカタという音が、心地いい。映写機の傍は、熱を放っているからか、温かい。揺らめく光の帯は、真剣にスクリーンを観ている千秋さんの横顔を染めている。

――帰りたい。

毎日が、私が知っているものと違うもので辛い。覚えることがたくさんありすぎてすでにキャパオーバーだ。でも、帰ったところで幸せかと尋ねられたらわからない。

自分のすべてだと言い切ってもいいほどに情熱を注いでいた六等星シネマはもう閉館する。現代に帰っても、したいことも何もない。進むべき方向すら見失っている。

近所の人から不出来なほうの娘さんが無職になったって笑われるだろうなあ。

そんな中で興味もない会社に就職して、自分が愛されていると偽りながら、毎日お弁当を詰める——。

そんな場所、幸せ？

それに、家族は心配してくれているのかな。それとも不出来な私が消えて、せいせいしたと思っているのかもしれない。ああ、心の中に生まれた闇が増殖していく。

——ぱちん。

そんな音と衝撃が響いて、驚いて目を開ける。

すると、誰よりも憧れ続けた人が、私をうんざりした顔で見ている。

その手は私のおでこのすぐ傍にあって、軽くはたかれたのかじんと痛みが走る。

「寝るな。映写中だぞ。お前、何を考えているんだ。しかもよだれが垂れてるぞ」

その言葉に、慌てて口元を拭う。とりとめもなく考えが浮かんでいたけれど、いつの間にかまどろんで寝てしまっていたなんて恥ずかしい。

「す、すみません！　失礼しました。映画は——」

慌てて小窓から劇場を覗くと、まだ上映中だった。ほっとしてへたり込む。

映写中に眠るなんてありえない。自分で自分に心底がっかりする。

「……夜中、眠れていないのか？」

窺《うかが》うような言葉に顔を上げる。千秋さんは映画に目を向けていて私と目は合わない。

「眠れて……、いないかもです」

眠ることはできるけれど、気づくと悪夢にうなされている。そのせいか、眠りが浅くて昼間が眠い。

見る悪夢は、全部元々いた場所のこと。小学校のあの時のことや閉館を告げられた時のこと。何度も何度も夢の中で再現されて、魘《うな》される。

「……お前が何の記憶もなくて不安なのはわかるが、眠れる時には寝ておけ。食える時に食え。食事が喉を通らないかもしれないが、そんなに食が細いと倒れるぞ」

そんな言葉に顔を上げる。千秋さんとは、やっぱり目が合うことはない。

「——……はい」

ぶっきらぼうだけど、心配してくれているのが何となく伝わってくる。

未だに本物か偽物かよくわからないけれど、もしも彼が本物の三峰恭介だとしたら、憧れて、苦しいくらい大好きだった人がすぐ隣にいる。

自分の今までを全部差し出して、そうしてこうやって息をしているこの人に会えたことはどう考えても幸運だ。

辛い時、何度も観ていた彼の映画である『天を駆ける』が、今スクリーンに投影されて、映写室で二人で並んで観ている。営業後の劇場には誰もいない。

このシーン、大好き。

三峰恭介が和服姿で雨の中佇んでいる。

雨がぱたぱたと彼の頬を濡《ぬ》らしている。カットが切り替わった先には相手役の女性が少し離れた場所から彼をじっと見つめている。

このあと彼は、戦争に行く。徴兵の赤紙を握りしめたまま、衝動的に彼女に会いにきたのだ。

これが最後の逢瀬《おうせ》になるかもしれない。でも二人はこれ以上距離を詰めることはなく、ただ見つめ合うだけ。

スクリーンの中、雨が強くなり世界が霞《かす》む。朧《おぼろ》になる彼女に向けて、三峰恭介演じる主人公は諦めにも似た表情で、静かに呟く。

「《……遠く、離れていても、この先二度と会うことはなくても、ふとした時に君を思い出す》」

スクリーンに映る三峰恭介の口の動きに合わせて呟く。

その頬に、雨なのか、涙なのか、水滴が零《こぼ》れ落《お》ちる。

ああ、本当に素敵。

切なさに、胸が強く締めつけられる。映画はこのあと、徴兵された彼が、戦闘機に乗って空に向けて飛び立つシーンで終わる。その先は描かれなかったけれど、恐らく、彼女の元には戻れなかっただろう。そんな主人公のことを思うと、やりきれなくなって、悲しみに心が溺れる。

「……お前、どうして台詞を覚えている？」

怪訝な声が聞こえてきて、我に返る。

慌てて目を向けると、千秋さんが不審感を全面に出した顔をして私を窺っていた。

しまった。つい映画に没頭していて、自然と台詞を呟いていた。癖というか、映写室で映写しているとわりと暇だから、好きなシーンの台詞をたまに呟いてしまう。いつもは一人きりだし、防音の個室だから全然気にしていなかったけれど、本人がいるのを忘れてすぐ傍で呟いてしまった……！

「えっ……、ええっと、この映画すごく好きで、何度も見たから台詞を覚えてしまって」

しどろもどろになりながら弁解する。

するとさらに千秋さんの眉が深く歪む。

「……どういうことだ？　これはちょうど一か月前に東京で封切りされたばかりの作品だぞ？　熱海では三日前、お前が現れた翌日に初めてかけた映画だ」

「えっ⁉」

う、嘘。しまった。ものすごく墓穴を掘ってしまった。

「お前、東京にいたのか？」

「いえ、えーっと、あまり覚えてなくて」

「ならどうしてあの台詞を覚えている？　声の調子も、台詞の溜め方まで俺が演じたのと完璧に同じだった」

本当に最悪。私の馬鹿……！

「え、ええっと。ちょっとよく……わからないです。もしかして東京にいたのかな？」

あはは、と苦笑いをすると、千秋さんはますます不審感を前面に出す。

「もしやお前、やはり俺の熱狂的なファンなのか？」

はい、そうです。とも言えず、「全然覚えていません」と苦笑いする。

「お前と初めて会った時にこの映画を試写していたが、あろうことか俺の映画で眠りこけていたからなんて女だと思っていた。俺のことをまったく興味がないと言ってのけたから安心していたが……」

まずい。ものすごく警戒されている。

もちろん千秋さんがそうなるのもわかる。熱狂的なファンが同じ屋根の下に住み着いているだなんて、恐怖でしかないだろう。一歩間違えば刺される可能性だってある。

「た、たしかに私は《三峰恭介》のファンだったのかもしれないですが、千秋さんに会って、抱いていた理想とかけ離れていたから正直本人じゃなくて《そっくりさん》なんだろうと思っていて……！　でもお客様たちが大騒ぎしているから、もしかして本人なのかな、なんて一時は思ったんですが、千秋さんに怒られたりすると、やっぱり本人じゃなくてそっくりさんなのかもって疑心暗鬼で！」

弁解しようとして思わず本音を口にすると、千秋さんは目を丸くした。

しまった。混乱していて、私ものすごく失礼なことを言ってない⁉

「俺が……三峰恭介のそっくりさん？　そっくりさんというのは、似ている人間ということか？」

「す、すみません！　大変失礼なことを言いました！　本当にごめんなさい！」

いくら本心ではそう思っていたとしても、本人に言うなんて失礼すぎる……！

駄目だ。どうしていいかわからない。取り繕おうと頑張るほどに墓穴を掘っている！

混乱する私を気にもせず、千秋さんは、突然大笑いした。ゲラゲラと腹を抱えて笑っている。

「お、俺が、三峰恭介のそっくりさん……！　そうか、そっくりさん、か」

ひとしきり笑ったあとに、千秋さんは息を吐いて項垂《うなだ》れた。すみませんと言おうとした私を押しとどめるように、その瞳が私を射抜く。

あ、もう《千秋》さんじゃない。

自分の喉から、ハッと息を詰める音が響く。

何十回、何百回と彼の作品を観たから、間違えるわけがない。雷に打たれたように、全身が痺《しび》れて動かない。どっと心臓が跳ね上がり、その衝撃で世界が揺れる。自然と自分の息が荒くなる。待って、嘘――。

これは、あの『天を駆ける』の主人公の雰囲気――。

戸惑う私をよそに、静かにその唇が動く。

「《……遠く、離れていても、この先二度と会うことはなくても、ふとした時に君を思い出す》」

不安げに揺れる瞳が、私の両目を捉えると同時に、強く見つめられる。絡み合った視線が数秒後にふいに離れて、彼が俯く。

伏せられた睫毛に滲《にじ》む、憂い。そして、絶望。

逡巡するように、その唇が二、三度静かに開いては閉じる。

さっき私が台詞を呟いた、あのシーン。

全然違う。スクリーンで観ていた時よりも鮮明で、強烈。

力が抜けて床についた自分の手が、小刻みに震えている。

薄暗い映写室の中で、映写機から漏れる光が、彼の姿をまるでスポットライトのように炙《あぶ》り出《だ》す。きらきらした銀の光の粒が蠢きながら彼の横顔を染めている。

まるで、映画の中と同じように、雨が降っているかのよう。銀の光の粒が涙のように彼の頬を滑り落ちていく。

心拍数が、否応《いやおう》なしに上がっていく。

混乱が混乱を呼ぶ。どうしよう。状況が理解できない。

その時、彼の両目が、意を決したように私の目を捉える。

《三峰恭介》が私を見ている。

さらに息が上がる。心臓が飛び上がる。

ぞくぞくと体の芯から震えて、異常な緊張感が全身を駆け巡る。

「《……時間が経ってすべてが変わっても。たとえ君の隣に俺がいなくても。この想《おも》いはずっと……》」

低い声が、心の奥底を揺さぶっていく。

指一本触れていないのに、手を握られているような熱を感じる。

眩暈が酷い。

くらくらする。

この想いはずっと……。

「「《――心の中で生きている》」」

勝手に開いた自分の唇から、そんな言葉が落ちて、彼の声と寸分の狂いもなく、ぴたりと重なる。

しんと静まり返った中で響いているのは、自分の心臓の音と、カタカタと鳴る映写機の音だけ。チェンジマークで切り替わらなかったからか、一気にスクリーンが暗くなる。

まるで終幕。

「……本物、だろう？」

ふっと嘲るような吐息が暗がりの中で響く。

「は、はい……」

紛れもなく、《本物の三峰恭介》。

「疑って、申し訳ありませんでした……」

その演技力に圧倒されてしまった。役に入った瞬間、彼の周りの重力が変化した。問答無用で引き込まれる。この人はやっぱり天才。

驚きと混乱で指先が震えている。それをぐっと握り込む。

千秋さんは手元のランプを点ける。ぼんやりと明るくなった世界で、私が酷く動揺しているのを見下ろした彼は、満足そうに笑っていた。

図らずも、今がいつなのかわかった。

『天を駆ける』は、紛れもなく第二次世界大戦中に作られた、戦争のプロパガンダ映画だ。千秋さんはちょうど一か月前に東京で封切られたと言った。

『天を駆ける』の封切り日は、一九四四年の十二月十五日。

つまり今日は、一九四五年の一月十五日。私がこの時代に来たのが四日前だから、一月十一日の夜だったのか。『天を駆ける』が封切られた時、三峰恭介は私より三つ上の二十五歳だった。

明らかに戦争中。しかも、八か月後に日本は負ける。

でも静かすぎる。銃撃戦もない。爆撃もない。ごく普通の生活。私は元々少食だからか、ひもじい思いはしていない。

映画だっていくつも封切られている。『天を駆ける』は戦争中にもかかわらず興行成績も上位だったはず。毎日映画を上映しているし、お客様もやってくる。

戦争中……、だよね？

もしかしてこれから一気に悪化していくの？

東京が焼け野原になるのは知識としては知っているけれど、《いつ》かはわからない。この熱海のような地方都市は、戦争中一体どんな暮らしを送っていたのだろうか。

「――おい。何をしている」

三峰恭介の演技を間近で見て、興奮しているのか眠れなかった。寒さを感じてはいたけれど頭を冷やすには最適で、深夜に闇の中に沈む映画館を丘の上から見下ろしていたら、そんな声が背を叩いた。

「すみません。何だか眠れなくて」

「深夜に出歩くな。早く寝ろ」

有無を言わせない強い口調に、立ち去ろうと足を映画館に向ける。

「……お前はよくわからん人間だな」

引き留めるような口調に、思わず足を止める。何か言いたいことがあったようだったけれど、千秋さんは黙ったまま、私からつかず離れずの距離を取りながら佇んでいる。

千秋さんも眠れないのかな。下手に口を開いて気分を害したらと思うと、黙ることしかできない。妙な緊張感に息苦しくなる。

「――お前は俺たちに何か隠してはいないか？」

痛いところを突かれて、ひやりと背筋が凍る。

この時代の人間じゃないことを気づかれた？　ううん、そんな非科学的なことを思いつくこともないだろう。でも疑われているのは明らか。

恐らく千秋さんは、人をよく観察している。あの天才的な演技力も、人の行動を観察し、それを目線や仕草とかで再現するのがとても上手だからなのかもしれない。

「ええっと……」

下手に嘘を吐けばすぐに見破られる。それは何となくわかっていた。誤魔化《ごまか》そうとしたけれど、うまい言葉が出てこない。

黙り込んだ私に向かって、千秋さんは露骨な溜息を吐く。

それを聞くと、居たたまれなくなる。明らかに私を疎《うと》んでいることが、千秋さんから伝わってきていた。

「隠し事すらも忘れたか。どうして春市はこんな女をここに受け入れたのか」

その言葉に、ぶるりと膝が震える。

千秋さんは容赦がない。できることならさらに文句を言われる前に逃げ出したい。でも逃げ出したら、もうそこで終わり。ぐっと震える足に力を込める。

「……まあ、そんなよくわからん女でも、この映画館にはお前の役割がある」

「えっ？」

役割？　唐突な言葉に、急に体温が戻ってきたような気がした。

「映写もそうだが、お前は映画館で働くすべをなぜか知っている。接客もできる。それはお前の強みだ。しっかり働いてくれたらそれだけでいい。ただ、客商売だ。もっと笑え。不愛想なのは、春市だけで十分だ」

その言葉に、張り詰めた空気が一変する。

さっきまで確かに説教をされていたような気がする。でも何か違う？

「あ、ありがとうございます……。頑張って働きます。もっと笑います」

思わずお礼を言って、頭を下げていた。

もしかして、励まされている？

私のことを、十分役に立つと判断してくれているのかな。

人当たりや口調が厳しくて、冷酷な面がある人なのかと思っていたけれど、たまに見せる優しさに混乱する。どっちが本物なんだろう。

「そうしてくれ。だが今は、俺目当てで来るひやかしの客ばかりで、映画を観る客の足が遠のいている。それはよくないな。――なあ、追い払う策はあるか？」

彼は私の意見を尋ねてくる。その素直な問いは、まるで私の仕事ぶりだけは認めていると言っているみたいだった。

「えっと……」

今は物珍しさで三峰恭介を見にくる人が溢れかえっている。それなら……。

「千秋さんも私と一緒に、接客してください」

「は？」

提案したのに、ありえないと言いたげな声が返ってきた。

「今は、銀幕の大スターが急に現れたから、珍しくて見にきているという人も多いと思います。それなら、珍しくない存在になればいいんじゃないかと」

「珍しくない存在とはどういうことだ」

「姿を見せないから熱狂するんです。ごく普通に千秋さんが映画館にいて、いつでも会えるという状況を作れば、とりあえず一目見たいという方は満足すると思います。もちろん熱狂的なファンの問題はあると思いますが……」

千秋さんはしばらく黙った。

「もし今のように姿を隠したままでいたら、一目見るまでは通うという方もいるでしょうし、ずっとこのまま千秋さんも家から外に出ることもできないと思います」

「……なるほど。荒療治が必要ということか」

「はい。もちろんお客様や千秋さんが怪我《けが》をするのは避けたいので、段階を踏んで姿を見せていくのがいいかなと。最終的にはお披露目会のようなものがあってもいいかもしれません」

「お披露目会などやりたくない。俺は目立つのは嫌いだし、人が多い場所も苦手だ」

「そ、そうですか。もちろん、大々的に三峰恭介の帰還などとは謳《うた》わずに、別の適切な行事を開催して、それに千秋さんが参加する形でいいと思います」

「適切な行事？　それは一体どんなものだ」

「……考えてみます」

すぐには頭に浮かばない。封切られたばかりの『天を駆ける』の舞台挨拶がいいだろうけれど、それだと大々的に、地元の大スター三峰恭介の凱旋《がいせん》！　になってしまう。

それにしても目立つのが嫌い、というのは意外。

三峰恭介は常にスポットライトの中心にいるような、華やかなイメージがある。残っている私的な写真は、どれも大スターたちに囲まれているものだったから、彼自身もそういう光に満ちた人かと思っていた。

でも本当は繊細で、臆病なところもあるのかもしれない。

少なくとも、今の彼はそんな風に私の目に映っている。

「――でも、いい案だ。隠れているから、変に人心を煽《あお》っているのかもしれないな」

いい案。そう言ってくれたことに、心がじわりと温かくなる。もしかして、少しは彼の役に立てたのかな？

「わかった。明日は表に出てみるぞ。春市に相談してみる」

「は、はい！　是非！」

力強く頷く。

今までとは少し違う空気が私と千秋さんの間に流れている。

天を埋め尽くす美しい星々を見上げる彼の横顔を、私は暗がりの中でじっと見つめていた。

「はあ？　今日から映画館で働く⁉」

春市さんがちゃぶ台をひっくり返しそうになるほど驚いていた。

「ああ。このままではいけないと思う。営業に支障が出るのは俺も本意じゃない」

「だがな、お前は……」

取り乱した春市さんは何かを言おうとしたけれど、千秋さんがちらりと私を見る。その目線の動きが気になったけれど、何かを察したのか春市さんは口を噤んだ。一体今のは何？　でも気軽に尋ねられるような雰囲気ではない。

「とにかく、このままだと俺は何もできない。家から一歩も出ないのはさすがに辛い」

「そ、それはわかるが……」

春市さんは渋っている。千秋さんのことをすごく心配しているのが伝わってきた。

「だがどんな風に姿を晒《さら》すんだ。一歩間違えば、お前見たさに暴動が起きるぞ」

「それは……。おい、何かいい案があったか？」

突然話を振られて、体が跳ね上がる。千秋さんはそんな反応をした私を不満げに眺める。自分は蚊帳の外だと思っていたのか、と言いたげだ。

「えっと……考えたんですが、劇場には二階席がありますよね。映画が始まるか終わったあとに千秋さんがそこから手を振るとかはどうですか？　二階席は初めから封鎖してしまって、お客様が入れないようにすれば人が殺到して千秋さんや誰かが怪我をするということはないと思います」

「それはいいな。だが、手を振るのは却下だ」

千秋さんは、媚《こ》びるようなことはしないと言い切る。さすが大スター。

「ロビーまでは無料ですが劇場に入るには料金が必要です。つまり映画館も潤います」

そう言うと、春市さんはうーんと唸《うな》って頭を掻《か》く。

「なるほど。それは確かに客寄せにはなるが、上映中も映画を見ずに千秋を探すことに精いっぱいになる客も多くいると思うぞ」

「『天を駆ける』を流せば、映画に集中できなくなるとは思いません。あれは三峰恭介の代表作の一つで、百年先も愛される名作ですから」

言い切った私に、千秋さんは驚いた顔で目を瞬く。しまった。熱く断言してしまったけれど、本人を目の前にして言う言葉じゃなかったかもしれない。急に照れくさくなってしまって頬が熱くなる。

「……まあ確かにあれはいい映画だけどな」

そう言いながら春市さんはまだ渋っている。

「とりあえずこいつの案を一度だけでもいいから、試させてくれ」

千秋さんが懇願すると、春市さんはとうとう頷いた。

やった！　と思ったら、頬が緩んで笑顔になった。衝動的に千秋さんを見ると、彼は私を見ながら再び目を瞬いていた。何か驚いているようだけど、もしかして、私が笑ったことに驚いている……とか。そんなことを考えた自分に恥ずかしくなって、慌てて視線から逃れて俯く。

「騒ぎが大きくなったり、怪我人《けがにん》が出たりしたら、すぐにやめてもらうぞ。もちろん千秋に危害が加えられるようなことは決してないように、雪が機転を利かせてくれ」

「もちろんです。──千秋さんは私が守ります」

六等星シネマに就職して二年。コロナ禍だったけれど、何度か俳優さんが来て舞台挨拶をしてくれた。大丈夫。映画館の中の抜け道も頭に入っている。

「お前ごときに守られてたまるか」

千秋さんは突然ぶすっと不機嫌そうな顔をした。現代とは違って、明らかに男女の役割がきっちり決まっている時代。あんまり女性が男性を守るなんて言わないほうがよかったのかもしれない。

でも、千秋さんは嬉しそうだ。

相変わらず態度も冷たいし、突き放すような言い方だったけれど、なぜか彼の中で火が灯《とも》ったような気がする。その証拠に、どこか暗かった彼の瞳が輝いている。

「おい、すぐに行くぞ。さっさと支度をしろ」

「あ、はい！」

千秋さんと二人でちゃぶ台の上の食器を片付けて、映画館に向けて駆け出した。

「……まばらだな」

劇場の二階から客席を見下ろして、千秋さんは苦笑する。

「仕方ないです。みんな、映画よりも本物の三峰恭介が現れないかと映画館のロビーや周辺で待ち構えている状態ですから」

映画を見に来るお客様よりも、冷やかしの人たちのほうが多い。それは、千秋さんもよくわかっているはず。

「邪魔だ。下がっていろ。お前を巻き込むつもりはない」

千秋さんは私には目を向けず、冷たい態度で一線を引こうとする。でもなぜかそれは彼なりの優しさのようにも思えた。

私を巻き込む、だなんて、このまま千秋さんの傍にいれば、熱狂的なファンからあの女は誰だと攻撃されるかもしれない。だから危ないから下がれ、と言っているような気がする。千秋さんはそれ以上言及することはないけれど、そんな気配が確かにある。

拒絶、ではないと思う。ただ言葉が足りない。

「わかりました。でも、傍に控えています。何かあればすぐに呼んでください」

困ったことが起きたらすぐに対応する。そう言うと、千秋さんは客席から目を離して、ようやく私を見た。

「私はこの映画館の従業員として、三峰恭介を守る務めがありますから」

だから、私のことを少しでも信頼してほしい。

そう言うのはさすがにおこがましいと思って言葉を飲み込む。言葉が足りないのは、私も、だ。

「……ああ。わかった」

守ると言ったことでまたへそを曲げるかもしれないと不安になったけれど、千秋さんは悪態を吐くこともなく、私を見つめたまますんなりと頷いた。

「――お前を頼りにしている」

その言葉に、目の前がきらきらと輝いて弾《はじ》ける。

動揺してうまく考えられなかったけれど、幸福感のようなものが心を占めた。

まるで私が完全にここの従業員だと認めてもらえたような――。

何とか頷いて千秋さんから距離を取る。一階の客席からお客様がなだれ込んできたらすぐに対応できる階段の傍で、手すりの隙間から客席の様子を覗き込む。

そこはちょうど顔を上げれば千秋さんの姿も、一階の状況も確認できる場所だった。

彼は一度大きく深呼吸する。息を吐き切ってその両目が一階の客席を捉えた瞬間、空気が一変する。

引力にも似た強烈なオーラ。それを纏《まと》うと彼は《三峰恭介》になる。

その両手を一度叩くと、ざわめきで満ちていた一階席がしんと静まり返る。

お客様たちは突然鳴り響いた音にきょろきょろと周りを見回している。

「――本日はご来場いただきまして、ありがとうございます。三峰恭介です」

ゆったりとした口調。千秋さんが声を上げると、お客様たちは二階の下手《しもて》後方のバルコニー席にいた彼を見つけ、一様に驚いた表情を浮かべた。

スマートかつ格式高い所作で、千秋さんは客席に向かって会釈する。

ああ、完璧な《三峰恭介》だ。私が勝手に信じて、恋焦がれていた彼そのもの。心が震える。できることならこのままずっと目の前の憧れの人を見つめ続けていたい。

でも、駄目だ。彼から目を引きはがし、素早く周囲の状況を確認する。

誰かが駆け出してくるかもしれないのをいつでも対処できるように気を配る。

でも一階席にいたお客様は、ぽかんと口を開けて、うめき声一つ上げない。

そうなるのもわかる。もし私も彼らと同じく客席にいたら、そんな反応になるはず。

千秋さんは、映画の見どころを簡単に説明し、最後は手を振って笑顔でもう一度深くお辞儀をした。

その瞬間、劇場内が暗転し、映画が始まる。

呆気《あっけ》に取《と》られているのか、何の騒ぎも起こらず、劇場内は静まり返っている。

千秋さんは、暗いバルコニーの上でぼんやりとしていた。

《幕》は下りたはずなのに、どこかまだ《三峰恭介》を纏っている。

「誰かがここに来るかもしれません。一旦、ここから離れましょう」

暗かったからその肩を少し叩くと、千秋さんは驚いたように体を震わせる。

こうしている間にも、早く安全なところまで行きたいと思って、私は焦っていた。

「こちらです。暗いので気をつけて」

その手を取り、暗転している劇場の二階から映画館の裏階段を通って裏庭に出る。

急にまばゆいほどの光が降り注いできて、眩《まぶ》しさに目を細める。

暖かい日の光によって、強張《こわば》った体が溶かされていく。

何も暴動も起きなかった。千秋さんも無事だ。そう思ったら、急激に力が抜ける。どうやら私はすごく緊張していたとそこでようやく知る。

ほっとして息を吐き、お疲れ様でした、と言おうと思った時に、自分の手が千秋さんの手を引いているのを思い出した。

「す、すみません！　わ、私……！」

慌てて振り払うように千秋さんから手を離す。

千秋さんは相変わらずぼんやりしたまま、さっきまで繋いでいた手を日にかざす。

「……すごいな」

「え？」

「熱海に来てからずっと、自分が自分ではないような気がしていた。でも今ようやく、血が通ったみたいだ」

私も千秋さんが太陽にかざす大きな手を見上げる。

「やはり俺は根っからの役者だ」

そう言った声は、晴れやかだ。いつもの冷たさなんて微塵《みじん》も感じない。

演技をすることで、自分を取り戻す。

この人はもしかしたら、《三峰恭介》さえも演じているのかもしれない。

「……千秋さんは、紛れもなく大星映画社の大スターの三峰恭介じゃないですか」

ぼそりと呟いた私の声を拾って、彼は、ははっと気が抜けたように笑う。

「そうだな。俺は《三峰恭介のそっくりさん》ではなかったな」

思わず私の口元が緩む。

「そういうことすら忘れていた。駄目だな、俺は」

私に向けられる何の憂いもない笑顔や口調から、千秋さんの高揚感が伝わってくる。

「自分は満足したが、客席からは何の手ごたえもなかったな」

声が弾んでいる。自虐でもなく、単純に楽しそうだった。

「驚いていたんだと思います。私も驚きました。手は振らないって言っていたのに」

そういうと、千秋さんは私に笑顔を向ける。

「ははっ。何の反応もなかったから、正直戸惑った。お前が言っていたことを思い出してやってみたんだ。苦し紛れの策だ」

私の言葉を思い出してくれた。その事実に、胸が熱くなる。

「今の回は不意打ちでしたから、あのような反応になったと思います。次の回は満席になるでしょうし、反応もたくさんあると思いますよ」

「そうだとしたらいいな」

次と言ったことをすんなりと受け入れてくれている。成功して本当によかった。

「お前が傍に控えてくれていたから俺は自分に集中できた。――ありがとう」

その言葉に、酷く動揺する。

まさかお礼を言われるとは思わなくて、何も言えずに黙り込む。

千秋さんは私のことなんて気にも留めず、嬉しそうに微笑んでいる。

頬が熱くなって俯く。繋いだ大きな手の感触を忘れたくなくて、ぎゅっと握り込む。

恐らくその言葉に何の深い意味もないだろう。でも、バルコニーに立つ前よりもずっと、千秋さんを身近に感じていた。

第二章　オムライス

「恭介さまーっっ！　お素敵ですーっ！」

「よっ！　熱海の大スターっっ！」

彼が二階席のバルコニーに姿を現すと、熱狂的な声が飛ぶようになった。

千秋さんもまんざらではないのか、笑顔で手を振っている。

二度目の回からは大騒ぎになったけれど、何度か回を重ねるうちに徐々に落ち着いてきていた。さすがにまだ二階のバルコニー席から降りることは危険が伴いそうだけど、もう少し経てばロビーなどで姿を見せてもいいかもしれない。

もちろん三峰恭介に会いに来る人だけではなく、映画の良さも口コミで広まり、連日満席を叩き出していた。

「小夏が雪に、あげたいものがあるそうだ。朝は忙しくてつい忘れてしまうらしい。休憩がてら小夏の家に取りに行ってこい」

春市さんからそう言われて、映画館からほど近い小夏さんの家を訪ねる。ここに来てから正直初めて映画館の外に出た。いたるところで温泉が湧き、湯煙が上がっている。時々薄く硫黄の匂いがするのも、現代と同じでやっぱり熱海なんだと実感する。

「小夏さん！」

「雪ちゃん、来てくれてありがとう。そうそう、わたしの息子よ。――ほらご挨拶」

小夏さんは、ちょうど家の前で子供と遊んでいた。傍にいた男の子の背を押すと、その子は弾けるような笑顔を見せてくれた。

「こんにちは！　菊地《きくち》一虎《かずとら》です！」

小夏さんのお子さんは元気よく自己紹介をしてくれた。私も目線を合わせて挨拶する。小学生の低学年くらいかな。すごくかわいい。

「わざわざ呼び出してごめんなさいね。よければ雪ちゃんに着てほしくて、あたしの古い着物をいくつか潰してもんぺにしたのよ。ほら、最近すごく寒くなってきたし」

小夏さんは玄関から風呂敷《ふろしき》に包んだもんぺを持ってきて渡してくれる。

「大事な着物をすみません……！　でも正直すごく助かります」

熱海は温泉が湧くから他の地域に比べたら温かいけれど、二月が近づくにつれ、寒さが増してきていた。新しい服は本当にありがたい。

「気にしないで。今は戦時中で大変な時だからみんなで支え合うのが当たり前よ」

戦時中。そう言って微笑んだ小夏さんに、今までうやむやにしてしまっていた確認したいことが膨れ上がる。これはいい機会かもしれない。

「あの……、今の日本の状況は……」

さりげなく尋ねると、小夏さんは「そうね」と表情を翳《かげ》らせる。

「どうかしらね。勝利目前だなんて聞くけれど、本当のところはよくわからないわ。幸い熱海は戦闘機が飛んでくることもほとんどないし、ごく普通の日常よ。都会はかなり苦しいし、食べる物もない上に空襲を受けたところもあるって聞くけれど」

やっぱり、戦争中なんだ。

そうか。私がなんとなく知っている戦争のことは『都会』のことなのかもしれない。

あとは、壊滅的な被害を受けた、広島とか長崎とか、語り継いでくれる人が多い場所で起こったことの印象が、自分の中で『戦争』というものを作り上げている。

てっきり、毎日日本中が爆撃されていて、絶え間なく空襲警報が鳴っていて、街中で銃撃戦が起こっているのかと誤解していた。大きな基地もなく、軍需工場もない熱海みたいな地方都市は、都会とは状況が大きく違う。

「でも熱海だって戦争の影響がないわけじゃないのよ。海が近いから海草や魚は獲れるけど、それ以外の食料や衣類は昨年末あたりから手に入りづらくなってきているわね。生活が圧迫されているのはひしひしと感じるわ。——それにほら」

小夏さんは視線を向ける。私もそちらを見ると、疲れた顔をした四十代くらいの女性がとぼとぼと道の隅を歩いていた。

「あの人は地元の人じゃないわ。東京から熱海に疎開してきた人ね。大変そう」

「疎開……」

「ええ。去年の八月に東京から小学生が二千人くらい集団で熱海に疎開してきたわね」

「二千人⁉」

「ええ。お寺やそれこそ海沿いの旅館で集団生活を送っているわ。またそろそろ再疎開すると聞いたから、大変だけど気をつけて行ってほしいわね」

東京や狙われやすい場所に住んでいる子供は、親元から引き離されて集団で別の安全な土地で暮らす《疎開》を行っていたと聞いたことがある。熱海にもそんな子供たちが二千人も疎開してきていたなんて知らなかった。

「熱海は温泉が出るでしょ？　小学生以外にも、傷を負った軍人さんが休養しにきてるのよ。旅館が病院として軍に接収されたりしているわ。他にも著名な小説家の先生が疎開してきているって聞いたわね。それくらい熱海は平和ってことよ」

そうだったのか……。ほとんど映画館にいるから状況がまったくわかっていなかった。

「彼女のような人たちは、縁を頼って疎開してこちらに来たんでしょうねえ。でも来たはいいけれど、働く場所もなくて、食べることもままならない人たちも大勢いるわ」

その言葉に、怖くなる。

もしかしたらあんな風に肩を落として歩いていたのは私かもしれない。

映画館に置いてもらえたことが、どれほど幸運だったか思い知らされる。

「疎開してきた人は、地元の人と交流するきっかけもなくて、なかなか馴染めない人も多いって聞くわ。映画館とか気軽に来てくれたらいいのにね」

小夏さんの優しい笑顔に、大きく頷く。

本当にそうだ。映画館は誰にでも開かれている場所なのだから――。

「小夏さん、もんぺ、本当にありがとうございました！　また！」

小夏さんに向かって深く頭を下げたあと、駆け出して女性を追う。

「あの、すみません！」

先を歩いていた女性に向かって声をかけると、驚いた顔をして振り返った。

「あの、私、丘の上の映画館で働いています！　よかったら来てください！　あ、すみません突然……！」

つい勢いで話しかけてしまった。恥ずかしい……。

「……映画？」

「は、はい。もしよければお越しください……」

「あの、もしかして、三峰恭介さんがいらっしゃるって噂のところですか？　私、最近疎開してきたからここらへんがよくわからなくて」

そうです、と肯定すると、女性は「実は」と呟く。

「私の息子が三峰恭介さんの大ファンなんです」

「そうなんですね。是非息子さんもご一緒にお越しください」

そう言うと、彼女は顔を曇らせた。その陰りに胸がざわめく。

「……はい。そうさせてもらいますね。あの、つかぬことをお伺いしますが、三峰恭介さんと直接お話ってできますか？」

「え……っと、今はバルコニーから挨拶するくらいで、直接は……」

女性は私の返答を聞いて、肩を大きく落とした。

「そうですか……。それでも息子にとって救いになると思いますので、早いうちに一度お伺いします」

よろしくお願いします、と言い合って、女性と別れる。

何だろう、この不安。なぜか胸の奥がざわめく。

息子にとって救いになる、って何？

何か不穏なものを感じて、胸騒ぎが止まらなかった。


「おい、どうした？」

千秋さんにお願いしてもきっと嫌だと言うだろう。

一人だけと直接会うなんて、贔屓《ひいき》したくないと言いそう。

でもあの女性と息子さんのことが気になる。どうしよう、相談……。

「おい！」

すぐ傍で声が聞こえて飛び上がる。気づけば千秋さんが至近距離で眉間に皺を刻んでいた。

「なんだ、お前の特技は立ったまま寝ることか」

「ね、寝てません！　考えごとをしていただけで」

「考えごと？　そろそろ映画が始まる時間だぞ」

「えっ、今何時ですか⁉」

バルコニーに通じる裏階段に時計がない。ロビーまで走っていって、柱時計を見に行くほど時間がないかもしれない。もちろん私は時計なんて持っていない！

千秋さんは呆《あき》れ顔《がお》で、自分の胸ポケットから懐中時計を出す。

「あと三分だな」

「三分！　わーっ、危ないところでした！　教えてくれてありがとうございました！

バルコニーに行きましょう、千秋さん！」

駆け出そうとしたのに、右手を強く引かれる。

――え？

「映画館で働くには、時計は必須だ。貸してやる」

手のひらの中に、ずしりとした重みと、冷たさが広がる。

見ると、美しい星空の細工が施された銀の懐中時計が私の手に乗せられていた。

「え……、この時計――」

「どうせお前は時計なんて持っていないだろう？　俺は別の時計があるからいい」

この時計、すごく見覚えがある。

この美しい星空の装飾が施された銀の懐中時計は、あの日倉庫で見つけた時計とまったく同じ姿をしている。

ただ、文字盤を守るガラスは割れていない。薄汚れていた銀色も、何の曇りもなくぴかぴかだ。そういえばあの時計、裏蓋にローマ字で《ちあき》と刻印されていた。

「この時計は……」

「これは俺が生まれた時に両親から贈られた物だ。それより急げ。映画が始まるだろ」

怒気を含んだ声に我に返る。

「そうでした！　す、すみません。代わりの時計を手に入れたら、必ず返します！」

頭を下げて、再び上げた時にはすでに千秋さんは私の横をすり抜けてバルコニーに向かっていた。

あの時計と同じものなのか考える前に、こんな素敵な時計を私が借りてしまっていいのか不安になる。ご両親からなんて、大事なものじゃないのかな。考えるほどに戸惑いが増す。バルコニーの傍の階段で待機して、時間を確認しようと時計を握りしめた手を開ける。

裏蓋を見ると、そこには思ったとおり、ローマ字で《ちあき》と刻印されている。

もしかして、この時計、ネジをまわしたら元の世界に戻れる？

あの時、私がどうやって時空を超えたのかよくわからない。でもわかるのはこの時計のネジを巻いた途端、世界が歪んだ。

膝が震えてくる。チェーン部分に引っかかっている鍵を手に取った時、劇場内がざわめいて現実に引き戻される。

慌てて顔を上げると、すでに千秋さんは三峰恭介としてバルコニーに立っていた。

今は仕事に集中しないと……！

懐中時計の針の動きを見ながら、映画が始まる時間を逆算する。

とりあえず元の世界に帰れるかどうかは、あとで確かめよう。結論が出るまでは千秋さんの言うとおり借りていたほうが、仕事をする上で助かるかもしれない。

それに何より、こんな大事な時計を私に貸してくれた千秋さんの心遣いを無下にはしたくない。

初めてバルコニーに立った日から、ほんの少しだけだけど、千秋さんの私に対する接し方が変わったような気がする。

もちろんいつも冷たいし怖いけれど、今みたいに気まぐれに優しくしてくれる。

胸が高鳴る。あんなにも憧れた人から優しくされて、嬉しくないわけがない。

意識するなと言うほうが難しい。

駄目。公私混同するな。私なんて相手にされるわけがなく、完全に拒絶されるのが目に見える。

それに、ようやくここに馴染んできたんだ。ほんの少しずつだけど歩みよっているこの関係を失いたくない。

そう思ったら冷静になる。今はただ、時計を貸してくれたことに感謝だけしよう。

「――すみません。少しの間、お借りします」

懐中時計を握りしめて、バルコニーで拍手を受けている千秋さんの背に向かって深々と頭を下げた。


星明かりの下で、千秋さんから借りた懐中時計を手のひらに乗せて眺める。

やっぱりどう見ても、あの日倉庫にあったあの時計と同じ時計だ。

鍵を差してネジを巻いてみようか悩んでいるうちに、時計の分針は一回転する。

「おい、早く寝ろ。もう深夜だぞ」

そんな声が追ってきて、飛び上がる。振り返ると木の下に千秋さんが立っていた。

「す、すみません。眠れなくて……」

「お前はいつも眠れないな。飯も食わずによく倒れないものだと感心する」

時計を見ると深夜十二時前。この時代の人は何時に眠るのが普通なのかわからないけれど、私は現代でも一時半すぎに眠っているから正直まだ眠くない。

「そうだ。時計を貸してみろ」

差し出すよりも先に、千秋さんが私の手にあった時計を奪う。

「一日一度、決まった時間にネジを巻け。そうしないと止まるぞ」

千秋さんはチェーンについていた鍵を、懐中時計に差す。

「……っ！」

声にならない声が喉を焼く。思わず千秋さんの手を摑んで制した。

「……どうした？」

怪訝そうな声が響いて我に返る。

「え、えっと……、すみません。よく見えなくて」

心臓がバクバク鳴っている。自分の咄嗟《とっさ》の行動に、自分が一番驚いている。

まさか私、今帰りたくないと思っている？

このままネジを回したら、また時空を超えて現代に戻る可能性がほんのわずかでもあるかもしれないと思ったら、思わず千秋さんの手を止めていた。

今すぐ回して、現代に戻ることが正しいことはよくわかっている。でも同時に、まだもう少しここにいたいという気持ちも確かに存在している。

隠して見ないようにしていたその想いを、むき出しにされたみたい。

「――やってみろ」

「え……」

千秋さんは私に鍵を持たせ、私の手の上から自分の手を重ねる。そうして強引に鍵穴に鍵を差し、回す。

――しまった。

「……っっ！」

ぎゅっと瞼を強く閉じ、体を強張らせて身構える。

こんな唐突に終わりが――。

「どうした」

そんな声がすぐ傍からして勢いよく目を開ける。すると私の手の上を、まだ大きな手が覆っている。顔を上げると、千秋さんが訝《いぶか》し気《げ》に私を見ていた。

「何を怯《おび》えている。爆発なんてしないぞ」

「えっ……、あ、そうですよね……」

千秋さんはまだ目の前にいる。星が降るように輝いている。ネジを回しても、タイムスリップしなかった。

状況が理解できず、あははと苦笑いすることしかできない。戸惑っていると、千秋さんの手が私から離れた。

「ネジを回してみろ」

その言葉に、ごくりと唾を飲み込む。ここで回さなかったら、千秋さんになぜかと問われるだろう。意を決して指先に力を籠め、ゆっくりとネジを回すと、手の上でカチカチとネジが巻かれる音が響く。

じっと時計を見つめるけれど、何も起こらない。

大丈夫、だ。

ほっと胸を撫で下ろした私を見ていた千秋さんは、不思議そうな顔をしていた。


あれから何度かネジを巻いた。でも何も起こらなかった。

図らずもまだもう少しここに滞在したいと思う自分がいることを知ってしまって、正直落ち込む。もしかしたら家族が心配しているかもしれないのに、この場所から離れがたくなっている。その原因なんて一つしかない。

懐中時計を借りた日から三日ほど経ったある日の晩、最後の上映回が終わり、客出しをしている時に、呼び止められた。

「こんばんは。あの、先日はありがとうございました」

穏やかに微笑んでいたのは、あの日呼び止めた女性だった。

「こんばんは！　お越しくださったんですね。ありがとうございます」

「はい。お教えいただき、本当にありがとうございました。おかげで息子と一緒に映画を拝見できました」

　そう言われて、少し下がったところに男性が立っているのが見えた。

　国民服と呼ばれるカーキ色の服を纏った、まだ二十歳《はたち》になってもいないような青年は、私に向かって深々と頭を下げる。

「母に声をかけていただいて、ありがとうございました。おかげでバルコニーに立つ三峰恭介さんを拝見できて、いい思い出になりました」

　青年は涙ぐみながら、それでも笑顔を見せてくれる。

　何だろう。すごく胸がざわめく。突如湧き上がった不安に心がせっつかれる。

「ええと、あの……。少しだけお待ちいただけませんか？」

　きょとんとしていた二人を置いて、駆け出す。ああ、もう早めに千秋さんに聞いておけばよかった。絶対に嫌味を言われて断られると思って、無理だと決めつけていた。

　映写室に入ると、千秋さんがフィルムをリールに巻きなおしていた。

「すみません！　あの、千秋さんにお願いが……！」

「なんだ。手短に話せ」

　すでに拒絶されているような気がして、ぐっと喉の奥が締まる。でも――。

　私は先日道端で女性に会ったこと、息子さんが三峰恭介に会いたいと言っていること、そしてそれが何かおかしいことを千秋さんに話していく。

「なので、もしできたら今ロビーにいらっしゃるので、お二人に会ってもらいたいんですが……」

「わかった。会う」

千秋さんは即答した。思ってもみないことに目を瞬く。

「ただし、他に人がいると邪魔だ。裏の高台の広場に来てくれるなら会う」

「あ、ありがとうございます！」

深く頭を下げたあと、映写室からロビーに戻る。二人に高台の広場なら三峰恭介と会えることを伝えると、女性と青年は顔を見合わせて、飛び上がるように喜んでいた。


「今日はお越しいただき、ありがとうございました。冷えているのに映画館ではなく外で申し訳ありません」

映画館から漏れる光が、千秋さんではなく三峰恭介を炙り出している。

「初めまして、多島加寿子《たじまかずこ》と申します。こちらこそご無理を申し上げまして、大変申し訳ありません。ですが本日はお会いできて光栄です。これは私の息子です」

加寿子さんは、一緒にいた息子さんの腕を取り、千秋さんの前に引き出す。

「は、初めまして。僕、多島満《みつる》と申します。幼い頃からずっと三峰恭介さんの大ファンで、まさか今日会ってもらえるとは思ってもいなくて……。あの、お時間を作っていただきましてありがとうございました！」

満さんは深く頭を下げていた。千秋さんは満さんの肩に手を置き、顔を上げさせる。

「私を応援してくださって、感謝しています。私も満くんに会えて嬉しい」

三峰恭介から笑顔を向けられた満さんは、涙を堪えながら呟く。

「……夢みたいです。明日東京に戻ることになっているんですが、最後にいい思い出になりました。——実は僕、赤紙が届いて、東京に戻り次第徴兵される予定なんです」

やっぱり。

あの時感じた不安や胸のざわめきは、加寿子さんや満さんから絶望めいたものを感じ取ったから。確信はなかったけれど、もしかしたら、という思いが湧いていた。

「そうでしたか。お国のために出征されるのはとても素晴らしいことです」

千秋さんから落ちる言葉に、体の熱がすうっと消え失せる。

お国のためにだなんて、現実に使われている言葉だとは信じられない。やっぱりここは私の世界とまったく違う。

その現実を、まざまざと突きつけられたような気分になった。

「僕、入隊しても頑張ります。さっき見た、『天を駆ける』の主人公のように、毅然とした態度で務めを果たそうと思います」

目元の涙を拭いながらも、彼はまっすぐに千秋さんを見つめてはきはきと言い切る。

戦意高揚のためのプロパガンダ映画。その成功例を私は今、目の当たりにしている。映画がこのような形で使われていることが心の底から恐ろしく、ぞっとしていた。

「私も満くんの戦地での活躍を祈っています。体に気をつけて」

「ありがとうございます！　僕は三峰恭介さんのことを、心の底から応援しています。最後にお会いできてよかった！」

千秋さんが差し出した手を両手で強く握って、満さんは泣いていた。加寿子さんもそんな満さんの姿を見て、涙を何度も拭っている。

「日本が勝利し、もしまた帰ってくることができたら、三峰恭介さんの次回作を拝見するのを楽しみにしています！」

——次回作。

その言葉に、ぐうっと強く奥歯を嚙みしめる。

「約束だ。必ず見てくれ」

「はいっ！」

千秋さんは加寿子さんも交えてさらに話を弾ませている。でももう私の頭には何も入ってこなかった。

「……あの、気づいていたんですか？」

しんと静まり返った高台の広場で、千秋さんに尋ねる。

加寿子さんと満さんはすでに帰ってしまっていたけれど、私は衝撃が大きくてしばらく突っ立っていた。千秋さんも映画館に戻ることなく、無言で佇んでいた。

静寂を破って尋ねると千秋さんは満天の星を仰ぐ。でも口を開こうとしない。

「満さんが徴兵されるって、気づいたから会ったんですか？」

もう一度尋ねると、千秋さんは私に向き直る。

「ああ。お前から話を聞いて、そうだろうと思っていた。もしかしたら最後かもしれないのなら、俺に会いたいという願いくらい、叶《かな》えてやっても罰《ばち》は当たらない」

「そうでしたか……」

「徴兵なんぞ、珍しいことじゃない。男に生まれたからには、避けられるものじゃないのは誰でも知っている」

その言葉に、不安が心の中で増殖して、体が鉛のように重くなる。

現代では考えられない価値観を目の当たりにして、怖くてたまらない。

――もしかして千秋さんも、戦争に行くの？

さっきから指先の感覚がない。全身から血の気が失せているのが、自分でもわかる。

「国のために死にに行く男を笑って送り出すのも、《あんな映画》に出た俺の務めだ」

その言葉に絶句する。千秋さんはそれ以上何も言わず、私から背を向けて歩き出す。

プロパガンダ映画の成功例を目の当たりにしていると思ったのは私だ。作品の完成度や人気に関わらず、千秋さんは《あんな映画》だと言った。もしかしたら戦意高揚のための映画に出たことを少なからず後悔しているのかもしれない。

私自身、『天を駆ける』は三峰恭介の出演作の中でも一番好きな映画。

でも、それを観て戦いに行くこの時代の人や、出演した千秋さんの想いなんて、考えたこともなかった。

だって、私の世界は恐ろしいくらい平和だったから。

誰も国のために死ににいこうだなんて、考えていないはず。私の時代とこの時代の振れ幅が大きすぎて、ついていけずに怖くなる。

私は千秋さんを呼び止めることもできずに、ただその背を見送っていた。


満さんと加寿子さんに会ってから、少し経った。一月も終わりを迎え、寒さはさらに増していた。春市さんに頼まれて小夏さんの家に食材を届けたあと、ぶらぶら歩く。ところどころから湯煙が上がるのは、現代と同じ。温泉卵とか作って食べたいけれど、さすがに卵は貴重でなかなか手に入らない。

坂が多い熱海の町を、上がったり下がったりしてゆっくり歩いていく。

今日は風が強くて砂埃《すなぼこり》が上がっていた。寒さが身に染みる。薄く靄がかかったように道の先が煙っていて、よく見えない。

　ちょうど映画館の敷地に足を踏み入れた時、目に砂が入った。目を閉じたり開けたりしながら歩いていたせいで、すぐ傍にいた小学一、二年生くらいの女の子にまったく気づかずにぶつかってしまった。

「きゃっ」

「あっ、危な――！」

　私の手が大きくよろけた彼女を支えるより先に、別の誰かの手が彼女を支える。それと同時に明るい声が響いた。

「おっとあぶねえ。大丈夫か？　お嬢ちゃん」

「すみません！　私がぶつかってしまったせいで……」

「転ばなかったから大丈夫だよな？」

　よく通る聞きやすい声。慌てて顔を上げると、彼はしゃがんで彼女に怪我がないか確認してくれている。

「……うん、大丈夫」

「本当にごめんね。もし痛くなったりしたら、教えてね。私、穂高雪。この映画館で働いているの。えっと名前は……」

　恥ずかしそうにもじもじしながら、彼女は俯く。すると返事もそこそこに、駆け出していってしまった。あとには千秋さんと同年代くらいの男性と二人取り残される。

目が合うと、人懐っこい笑顔でにっこり微笑まれた。

「あんた、ここの映画館で働いているのか。オレは塚本《つかもと》順次郎《じゅんじろう》だ。よろしく！」

塚本と名乗った男性は、私の手を掴んで大きく振る。

「ここに三峰恭介がいるだろ？　オレ、あいつと知り合いなんだよ。塚本が来たって言ってくれたらわかるだろうから、話を通してくれねえか？」

「わかりました。ちょっと聞いてきますね」

千秋さんのお友達なのかな？　それでわざわざ訪ねてきたのだろうか。

母屋にいた千秋さんに塚本さんのことを伝えると、千秋さんは眉間に深く皺を刻んだ。そして「裏庭に呼んでこい」とだけ言って、黙り込む。

あれ？　仲がいいというわけではないのかな……。でも知り合いだというのは千秋さんの雰囲気からも伝わってくる。

塚本さんを裏庭に案内すると、ちょうど千秋さんが母屋から顔を出した。

「おー！　千秋！　久しぶり！」

さすがに同席するわけにもいかず、一人で映画館に入ろうとしたけれど、それより先に朗らかに手を振った塚本さんの胸倉を千秋さんが勢いよく掴んだのが見えた。一気に血の気が失せ、思わず立ち止まる。

「塚本、よく俺の前に顔を出せたな」

「あの時は悪かったって！」

　まずい。千秋さんが本気で塚本さんを殴りそうな雰囲気がひしひしと伝わってきて、慌てて千秋さんの腕を摑む。

「待ってください、喧嘩は駄目です！　どこで誰が見ているかわかりませんから！」

　三峰恭介が暴力だなんて、大スキャンダルに発展する！

「離せ。止めるな」

「止めます！　ええっと、一体何があったんですか？」

　立ち入るつもりは毛頭なかったけれど、さすがに放置はまずいし、千秋さんの意識を逸らすために尋ねる。千秋さんは塚本さんを殴るか、私と話をするか迷ったみたいだったけれど、後者を選んでくれたのか、塚本さんの胸倉から手を離してくれた。

「塚本は俺が了承していないのにもかかわらず、自分が作る映画に俺が出るって言いふらしたんだよ」

「え？」

　自分が作る映画？　それはつまり塚本さんは映画監督？

「大星の社長に俺の声で電話して、騙された社長が資金を出そうとしていたんだ。社長から尋ねられて発覚して、問い詰めたらこいつ東京から逃げ出して――」

「え？　え、え？　俺の声って、千秋さんの声、ですか？」

ちょっとよく話が摑めない。すると、私の背後から千秋さんの声が響く。

「《——俺は雪が好きだ》」

思わず正面にいた千秋さんを見て、目を丸くする。千秋さんは今までで一番と言っていいほど深く、眉間に皺を刻んでいた。

「どう？　似てた？」

耳元でそんな声が響き、驚きながら振り返ると、塚本さんがにやにや笑っていた。

「お前、勝手に俺の声を出すな！　本気で海に沈めるぞ！」

再び千秋さんが塚本さんの胸倉を摑む。

私はただ驚くばかりで、止めようと思う気持ちも消え失せていた。

す、すごい。千秋さんの声と本当にそっくりだった。

ただ、千秋さんは私のことを《雪》だなんて呼んだことはない。でもいい夢を見させてもらったとただひたすらに感謝したい気持ちになる。

「えぇっと……、塚本さんは声をまねられるんですか？」

「そうなんだよ。オレは東京で活弁士をやってんだ。だからいろいろな声を出せる。七色の声を使い分けるって評判なんだぜ」

なるほど。塚本さんは活弁士なのか。昔、映画は技術的な問題から、声を収録することができず無声だった。

そんな無声映画を上映する時に、映画の流れを説明したり、様々な声を当てたりしていたのが活弁士。今私がいるこの時代はもうトーキーで、映画の中に声もしっかり入っているけれど、無声映画はまだまだ作られていたし、昔作られた無声映画も上映されていて、活弁士の活躍は大きかった。結局八十年後の現代ではほとんどトーキーになったから、活弁士の数はぐっと減ってしまったけれど。

それに、七色の声を使い分ける、か。一人で何人も有名人のものまねを披露する人をテレビで観たことがあるけれど、塚本さんは現代のものまね芸人さんと似たような感じなのかもしれない。それにしても千秋さんの声にあまりにそっくりで驚いた。

「活弁士だけど、オレは監督志望でもあるんだよ！　千秋に出てくれって何度も頼んでるのに、こいつ売れっ子だから無下に断られてさ。だから実力行使した」

確かに今の千秋さんの声真似《こえまね》なら、電話だったら大星の社長も騙されるのも頷ける。

「お前が逃げたせいで、あのあと俺がいろいろなところに頭下げて回ったんだぞ？　もう二度と塚本とは会わないと縁を切ったが、今更なんだ。早く東京に帰れ」

「冷たいこと言うなよ！　東京もいよいよ危なくなってきたから、これから故郷に戻るところなんだ。千秋も同じ理由で地元の熱海に疎開したって聞いたから、ついでに寄ってみたんだよ。改めてしっかり謝罪をしたかったたし。——あの時は悪かった！」

塚本さんは千秋さんに向かって頭を深々と下げる。

千秋さんも戦禍が酷くなりそうだから疎開して熱海に戻ってきているのか。それほど東京は危機感が増しているのかな。

「ほら、謝ったぞ！　千秋が怒っているのはわかったよ。だから今日はとりあえず頭を冷やせ！　オレはしばらく熱海に滞在するからまた来る。じゃあな！」

塚本さんは勢いよく駆け出す。でもすぐに足を止めて振り返る。

「あ、雪、あの女の子、怪我がなくてよかったな。結構派手にぶつかっていたぞ。なんかもめごとになったら目撃者として話をしてやるから言えよ！」

「わかりました！」と返事をすると、塚本さんは嵐のように去っていった。千秋さんは塚本さんを見送りながら、やれやれと肩を落とす。

「俺が頭を冷やすっておかしいだろ。おい、塚本に近づくとろくなことがないから気をつけろ。それに女の子とはなんのことだ」

「さっき私の不注意で女の子にぶつかってしまったんです。転びかけたその子を塚本さんが助けてくれたんですが、これから痛くなることも考えられるので心配です。あの子の名前を聞いておけばよかった……」

「初めて見かけた子か？」

「はい、映画館の正面玄関の脇にいた子です。映画を観ていたんでしょうか？」

「気づかなかった。バルコニーからも、映写室からも子供がいるのは見ていない」

今の上映作品は子供向けの作品とは言《い》い難《がた》い。だから子供がいれば何となく目立つ。

「そうですよね。もしかしたらまた来るかもしれないので、しばらく気にかけます」

「そうしろ。一人で映画も観ずにいるなんて、何か事情があるのかもしれない。俺も気にしておく」

「ありがとうございます。助かります」

私が六等星シネマに初めて一人で来たのは料理騒動からすぐの小学四年生だった。

冬休み中、家に居場所がなかった。その当時毎日私が一人で行ける場所なんて限られていて、ふらふらと町をさまよった挙げ句に辿りついた場所だった。

もちろんおこづかいが少なかったから映画を観ることもできなかったけれど、ロビーの片隅でチラシを見ていたり、あの子みたいに正面玄関の傍で地面を棒で掘って遊んでいた。そんな時に館長に会って、『ニュー・シネマ・パラダイス』みたいに、映写室からこっそり映画を観させてもらった。

初めて映写室で観た映画も、三峰恭介の映画だったな。

そう思うと、胸が熱くなる。

私のつま先から頭の先まで、この人の映画でできている。

辛い時、寂しい時、いつも映画を観ることで支えてもらった。

あの子も何か事情があってここにいたのかもしれないと思うと、あの日の自分と重なって胸が騒ぐ。

もしできたら、力になれたらいいな。顔見知りの従業員がいるだけで心強くなったのは、私が経験したことだ。

「子供にとって、映画館は駆け込み寺みたいな機能があってもいいと思っています。行き場がない子が何の気兼ねもせずに訪れて、映画に触れてくれたらいいなと」

おもむろに呟くと、千秋さんはしばらく黙っていた。でも静かに口を開く。

「そうだな。映画は救いだ。……俺も居場所がなかったからそうだった」

ぼそりと落ちた言葉に、目を瞬く。

「居場所がなかった？」

意外すぎて、尋ね返す。でも千秋さんは答えをくれる前に踵を返して、母屋に戻って行ってしまった。


昨日の夕飯の時に女の子のことを春市さんにも話したけれど、「見たことがない」と言っていた。

そうなると、もしかして映画館に通っているわけではないのかな。昨日たまたま来て、しばらくいただけかもしれない。とりあえず受付の手が空いた時に、正面玄関まで顔を出してみたけれど、あの日以来あの少女が現れることはない。

千秋さんも気にかけてくれて、人が少ない時に外を見てくれたりしていた。

最近は千秋さんがロビーや映画館の館内なら自由に出歩いていても、あまり騒がれることもなくなり、お客様も千秋さんも落ち着いていた。

結局千秋さんが《居場所がなかった》と言ったことも、どういうことなのか教えてもらえないままだ。気になるけれど、私にも打ち明けられないことがあるように、無暗《むやみ》に立ち入っていいことではないのはわかっている。

「――まだあの女の子のことを探しているのか？」

春市さんが、外を覗いていた私に声をかけてくる。

「はい。何となく気になって……。もう来ないならそれでいいんですが」

そんなことを話していたら、春市さんが私の背後に目を向ける。私も振り返ると、そこにはあの少女がちらちらと門からこちらを窺っていた。

「あ、あの子！」

「来たな。少し話をしてみるか」

頷いて、慌てて正面玄関を飛び出す。すると少女は驚いて立ち去ろうとする。

「ちょっと待って！　また来てくれたんだね。この間はぶつかっちゃってごめんね。怪我はしなかった？」

引き留めるように声をかけると、少女も足を止めてくれた。

おずおずと私を見て、「怪我はない」とだけぽつりと呟く。

「そっか、よかった。今日はどうしたの？　何か気になる映画がある？」

尋ねると、彼女は唇を引き結んでもじもじしながら俯く。

どうしよう。いろいろ話したいけれど、難しそう。

「えっと……、名前は何かな？」

「……」

「どこら辺に住んでいるの？」

「……」

「映画好き？」

「……」

全部無言。これはどうしたら話ができるんだろう……。

「おい。何か映画観るか？　金はいらん」

春市さんが少女に尋ねると、彼女は警戒したように身を引く。

「……いい」

ぼそりと落ちた言葉は拒絶の言葉。でも春市さんは食い下がる。

「暇なら見ていけ。これから観ることができるのは劇映画ばかりだが……」

「劇映画？」

「架空の物語の映画だ。嘘の話」

嘘の話、とはっきり言ったことで、彼女は顔を曇らせる。

「……観ない！」

急にそう叫んで踵を返して映画館を走って出ていく。

あとには二人、微妙な空気の中に取り残される。

「手ごわいな」

「はい。でも私より春市さんのほうが会話ができていました。すごいです」

私は完全無視だったな。あの子は一体どうしたいんだろう。

本当に放っておいてほしかったら、ここには来ないはず。それなのにもう一度来たのは、何か理由があるからだと思う。

「ちょっと、何二人で突っ立っているのよ！　――あら、春市様ごきげんよう」

肩を落とす私たちに声をかけてきたのは、豊代さんだった。私と春市さんに対する態度が違いすぎて逆に感心する。

こういうことがあったと簡単に経緯を説明すると、豊代さんは「ああ」と呟いた。

「今映画館から走り出て行った子よね？　あの子はしばらく前に東京から疎開してきた子よ。あたしの家の傍に住んでいるわ。名前は、るいちゃんね」

「るいちゃん……」

「豊代、るいは何かあったのか知っているか？」

「春市様、申し訳ありません……。あたしも名前以外に詳しいことがわからなくて……。でも劇映画は観ないのなら、ニュース映画を見に来たのかもしれませんわね」

——ニュース映画。

テレビもないこの時代、長編映画の前に、現在の戦況などを伝える短編映画が上映されることがあった。尺が短いから映写の練習で何度か上映させてもらったけれど、戦意高揚のためのプロパガンダ映画だ。

軍隊に従軍しているカメラマンが撮ったものが多く、現在の戦況はこうで、戦争はうまくいっている！　というのを強調したものばかりだった。

情報を得る手段がほとんどないこの時代。こうやって人々は統率され、《今、日本は勝っている。辛い生活だけれど、もうひと踏ん張りしよう》という気持ちをニュース映画で国民に抱かせている。

でもそんなニュース映画をるいちゃんが気にしているなんて……。

「もしかして、大事な人が戦場にいるのかな……？」

ぼそりと呟くと、春市さんも豊代さんも黙ったまま私を見つめている。それが、そうだと言っているようだった。

「……今度るいが来たら、ニュース映画を観るか聞いてみよう」

「お願いします」

頭を下げる。大事な人の近況を知りたい。戦争がうまくいっているのか知りたい。そういう不安を抱えているのかな。

いくら熱海は爆撃されていないからと言って、戦争の影がまるでないわけではない。私がここに来てから半月ほど経つけれど、初日よりも食料が手に入らなくなってきている。じりじりと昏《くら》い世界が確実に忍び寄ってきているような気がしていた。


「ごめんね～！　旦那が行商から帰ってきちゃったの。いろいろ仕事の手伝いをしないといけなくて。だからしばらくここに来るのは無理だと思うわ」

……嘘。愕然《がくぜん》としながらも小夏さんに「大丈夫ですよ～」と明るく返事をする。

小夏さんの旦那さんは商売をしていて、遠方にまで品物を買い付けに行ったり、こちらの名産を売りに行ったりしているそうだ。私がここに来る少し前に遠方に出張に行ったそうで、まだ会ったことはない。今までは旦那さんが不在だったおかげで小夏さんに自由な時間があって、空いた時間でわざわざ私達の世話をしてくれていた。

本気でまずい。小夏さんが朝来て、ざっと一日分の料理を作ってくれていたから、私は味噌汁や後片付けをするくらいで済んでいたけれど、小夏さんが来ることができなくなったら、料理をどうするか問題が勃発する。現代にいる時ならまだしも、火を点けて薪をくべて……の世界では時間のかかり方も手間もまるで違う。

終わった、と思っていると、千秋さんが口を開く。

「それなら仕方ない。俺が食事を作ろう」

「えっ!?」

千秋さんが作ってくれる……？　でもさすがにそれはまずいような気がする。

「千秋はいい。おれがやる。一人の時は料理もやっていたから大丈夫だ」

台所仕事は女性の仕事！　みたいなこの時代で男性に任せるのは心苦しい。

「あの……！　私がやります！」

もう徹夜で練習しないと！　腹を決めて宣言すると、千秋さんも春市さんも「絶対無理だからやめておけ」と言い放った。

ですよね……、と肩身も狭くなり縮こまる。

「春市は映画館の仕事もあるし、千秋と雪ちゃんの二人でごはん係になったらどう？」

小夏さんが名案！　と手を叩く。え？　私と千秋さんでごはんを作るの？

これから、毎日？

正直、千秋さんと仲がいいかと問われたら、よくない、と答える。話はある程度できるようにはなったけれど、相変わらず冷たいし、怒られることのほうが多い。

それに千秋さんだって、映写も教えている上に食事もとなったら、げんなりするだろう。顔色を窺おうと目を向けると、ちょうど千秋さんが頷いたところだった。

「わかった。そうしよう。――おい。厳しく鍛えるからな？」

その言葉に肝が冷える。厳しくって、千秋さんは容赦せずに教えてくれるのが目に見えていた。でも拒絶されなかった。それが意外すぎて頷くことしかできない。

「……不本意だが仕方がない。よし、じゃあ千秋と雪で頼む。二人共、無理はするな。もちろんおれも手伝うから、いつでも言ってくれ」

春市さんのお許しも出て、正式に千秋さんと二人、ごはん係に任命される。

千秋さんの教え方以上に、ごはんが食べられるかどうか不安になる。

一緒に作るということは、一緒に食べるということだ。

今までは小夏さんが作った料理を盛り付けたりする準備があるからと、理由をつけて先に一人で行動できた。あとから千秋さんや春市さんが来たら、お先に食べたので仕事に戻ります、と言って、多くを食べずに済んでいた。

でも作るところから一緒なら、もしかしたらもうこの裏技は使えないかもしれない。

千秋さんは私が、手料理をあまり食べられないことを何となく察している節がある。

自分で作ったものならまだ多少なりとも食べることができるかも。うまく誤魔化していくしかない。そう思って不安を打ち消した。

「――味付けは塩しかないな」

少しばかりのお米を炊いて、葉物やサツマイモを入れて雑炊にしていく。調味料もほとんど底を尽きかけていた。そんな中、まだ塩があるのは感謝しなければ。

「はい、塩入れました」

千秋さんの指示どおりに、鍋をかき混ぜながら料理を作っていく。

ここ数日、料理ができあがったらそれを千秋さんと二人で食べてから映画館に行き、映写と受付を春市さんから代わる、という流れができてきていた。

「味見しろ」

指示どおりにちょっとだけ掬《すく》う。

とろとろに溶けて米粒の形が崩れてきた雑炊を口に含む。塩だけでは物足りなさは否めないけれど、それでもシンプルでおいしい。

「塩をまだ入れたほうがいいか？　サツマイモは火が通ったか？　食ってみろ」

千秋さんは私の返事を聞かずに鍋に塩を入れてサツマイモを器によそい味見させる。

そしてまた塩を入れて煮たあとに「味見しろ」と言って、また私に味見させる。

ごはん係になってから、数日はこれがなぜかわからなかった。

千秋さんは決して自分で味見をせずに私にさせる。

初めは味付けをしてくれたらいいのに、とも思ったけれど、もしかしたら私に何度も味見をさせることが千秋さんの目的なのかもしれないと気づいた。

正直、何度も味見をするから、これだけでお腹《なか》がいっぱいになる。

手料理が苦手な私は、普段はほとんど食べることができないけれど、味見のおかげで知らず知らずのうちにいつも口にするよりも多くの量を食べることができていた。

偶然？　ううん、これはわざと。千秋さんが私に料理を食べさせるためにしている。明らかに千秋さんの優しさだ。

それに気づいたら、正直驚いてしまった。

千秋さんの態度も口調もきつい。それなのに、こんな気遣いをしてくれるなんて思ってもみなくて、驚きと共に嬉しくなる。

優しい気遣いに私も応えたいと思ったおかげで、気づけば味見だけでお茶碗《ちゃわん》一杯分くらい食べていた。

「小夏の旦那が食い物を分けてくれるみたいだから取りにいってくれ」

千秋さんとのごはん係に慣れてきた頃、春市さんに頼まれて、小夏さんの自宅に向かっていた。

できれば調味料がほしいな。海の水から塩が取れるわよと小夏さんが言っていたけれど、どうすればいいか教えてもらおうかな。

　こういう時に海が近くてよかった。食べるものがなくなっても、釣りでもすれば魚は獲《と》れるし……。うーん、釣《つ》り竿《ざお》を借りようかな。

　そんなことを考えながら歩いていると、通りの角で女の子と男の子が言い争っているのが見えた。

　あれは、小夏さんの息子の一虎くん？　それに――るいちゃん⁉

「ちょっと待って、どうしたの？」

　慌てて駆け寄って間に入る。

　すると小夏さんの息子の一虎くんは私に見覚えがあったのか微妙な顔をした。

「喧嘩？　一虎くん、一体何があったか教えてくれる？」

「……こいつ、いつも無愛想で、話しかけても無視するんだよ。だから腹が立って」

　一虎くんはるいちゃんを指さして訴える。するとるいちゃんは目を吊り上げた。

「うるさい！　話しかけられたくないもん！」

「ちょっと待って！　仲良くしよう！」

　喧嘩は駄目だよ！　落ち着いて話そう！　と説得しても二人はさらにヒートアップしていく。どちらか一方が悪いと決めつけるのは駄目だ。とりあえず止めるしかないけれど、二人にはまったく私の言葉なんて届いていない。

子供への接し方の正解もわからず、ただ右往左往することしかできずにいると、一虎くんとるいちゃんの間に朗らかな声が割り込む。

「おいおい、何をやってんだ〜。駄目だろ、お互いもっと気遣って優しくしないと！」

よく通る特徴的な声に呆気に取られた二人は一瞬黙り込む。

でもすぐにるいちゃんは「話しかけないで！」と拒絶して、駆け出していった。

あとには一虎くんと塚本さんと私が取り残される。

「あの女の子、この間映画館にいた子だよな。何があった？」

なあ、と塚本さんは一虎くんを覗き込む。

「あいつ最近熱海に疎開してきたんだ。しばらく経つのに、いつも一人ぼっちだから馴染めてないんだよ。だから仲良くしたいのにあいつ話しかけても返事もしなくて」

「なるほどなあ。あの子が馴染めるようにしてやりたいなんて、お前は本当にえらい」

塚本さんが一虎くんの頭を撫でると、一虎くんは頬を緩ませる。

「あの子はきっと何か事情があって、なかなか馴染めないんだろうなあ。お前に冷たい態度をとるのも抱えている事情や環境のせいで、本来のあの子が悪いわけじゃない。だからまた変わらず話しかけてやるといいさ」

「……うん！」

塚本さんの言葉に、拳をぐっと握る。

その人自身が悪いわけじゃない。環境が悪い。その言葉は私の心に響いた。

「おねえちゃん、母ちゃんに用があるんだよね？　呼んでくる！」

一虎くんは笑顔で駆け出して家に入っていく。私は塚本さんに向き直り頭を下げた。

「ありがとうございました。どうしたらいいかわからなくて助かりました」

「たまたま通りかかっただけだ。気にするな。あの女の子、何かわかったのか？」

「名前がるいで、東京から最近疎開してきたことくらいしか」

「最近疎開か。そりゃあいろいろ抱えているもんがあるだろうよ。まあ話したくないなら仕方ない。しばらく様子を見るしかねえだろうな」

はい、と頷く。

「環境が悪い。子供たちは可哀想《かわいそう》になあ」

環境、と塚本さんは言うけれど、それは恐らく《戦争が悪い》ということだろう。この時代の人たちはみんなそういう思いを抱えている。でも口にはしない。別の言葉にすりかえている。恐らく、《非国民》と呼ばれないように。

「おねえちゃん、母ちゃんいたよーっ」

門から手を振る一虎くんに向かって、わかったと手を振り返す。

「塚本さん、ありがとうございました。それでは失礼します」

「おう。またな、雪」

にこっと笑って塚本さんは私に背を向ける。

みんなどこか傷を抱えている。るいちゃんも、――恐らく塚本さんも。

「昼間、小夏さんの息子さんの一虎くんとるいちゃんが言い争っていて」

夕飯を囲みながら、今日あったことを春市さんと千秋さんに話す。

お醬油《しょうゆ》などの調味料を小夏さんから分けてもらえたことで、今日は煮物が並んでいた。すでに《味見》で何度も食べさせられてはいたけれど、おいしくて箸が進む。

「塚本さんが助けてくれたので、事なきを得ましたが、やっぱり何かるいちゃんは悩んでいるみたいで……」

ふと、映画の『ギルバート・グレイプ』や『サイダーハウス・ルール』を思い出す。

「子供の頃に受けた心の傷は、大人になっても治りにくいですから……」

幼少期のトラウマによって、進む道が大きく変わる。映画でもそうだった。

もちろん私も……。

そんなことを考えていると、二人から返事がないことに気づく。顔を上げると、千秋さんが「まあそうかもな」と素っ気なく口にし、春市さんは「ごちそうさま」と言って立ち上がり、部屋を出て行く。

微妙な空気が満ちていることに気づいて、一瞬で肝が冷えた。

何か地雷を踏んだ気分になって恐る恐る口を開く。

「あの何か私まずいこと……」

「特に言っていない。客出しとかがあったんだろう。気にするな」

千秋さんも「俺も映画館に戻る」と立ち上がる。

絶対に何かまずいことを言ったような気がしたけれど、これ以上詮索することもできず、ただただ申し訳ない気持ちで胸がいっぱいになった。


あれから数日。何事もなかったように日々を過ごしている。あの日の微妙な雰囲気は一体なんだったのかわからないままだ。

千秋さんも春市さんもいつもどおりだけれど、どこかお互いを意識している。

まずいことを言ってしまったことはわかっている。けれど、私のせいだと言ってくれたら謝れるのに、そういう雰囲気も特にないからこちらから動くこともできない。

――子供の頃に受けた傷。

その言葉に二人は反応していたように思う。一体何があったんだろう。

確か千秋さんは十歳くらいにはすでに東京にいたと、雑誌で読んだことがある。だから十歳よりも前の話になるだろうけれど、何か二人の間にわだかまりのようなものがあるのは確かだ。

でも私に立ち入る権利はない。悲しいけれど、私は彼らにとって《お客様》だ。

「おい。るいがいるぞ」

春市さんは受付でぼうっとしていた私の肩を叩いて指をさす。

「え？　るいちゃん？　――と、千秋さん？」

驚いて立ち上がると、正面玄関の傍で、千秋さんとるいちゃん。そして一虎くんが話しているのが見えた。

「受付はおれが見ているから行ってこい」

「す、すみません！」

慌てて玄関に向かうと、一虎くんが私に気づいて手を振ってくれる。

「どうしたの？　るいちゃんと一緒に来てくれたの？」

「そう。るいが千秋のファンだって言うから連れてきた！」

え？　千秋さんの？

「違う！　るいじゃないもん。お兄ちゃんがこの人のこと大好きで――！」

「るいちゃん、お兄ちゃんがいるの？」

「いる」

うん、と大きく頷く。

「じゃあ兄ちゃんも連れて来いよ！　千秋は俺のおじさんなんだ。すごいだろ！　いつでも会わせてやるぜ！」

一虎くんは千秋さんのことを本当に自慢にしているんだなと伝わってくる。

「……一虎の言うとおり、お兄さんと一緒にここに来ればいい。いつでも話そう」

千秋さんはるいちゃんと目線を合わせて優しく微笑む。

るいちゃんは困ったように目じりをみるみるうちに下げる。

……あれ？

「絶対来ない！」

怒鳴るように吐き捨てて、るいちゃんは駆け出していく。

「るいちゃん！」

思わず名前を呼んだけれど、るいちゃんはそのまま映画館を出て行ってしまった。

「あいつまたか。何なんだよ～」

一虎くんは意味がわからないと言うように頭を抱えている。

「一虎は、るいを無理やりここに連れてきたのか？」

「違うよ。さっきたまたま映画館の前を通ったらるいがいたから、千秋の話をしただけだよ。そうしたらなんかごにょごにょ言っていたけど、千秋のことが好きだって言うから、よし会わせてやるって言っただけだ」

「……そうか。もしるいと兄貴が俺に会いたいのなら、いつでも時間を作るとるいに伝えておいてくれ」

「うん！　ありがとう、千秋！」

一虎くんは頷いて帰っていった。二人でその背を見送ったあとに、口を開く。

「あの……、もしかしてるいちゃんのお兄さんは……」

「恐らく戦場だろうな」

千秋さんは私が考えていることを口にする。

るいちゃんはお兄さんがファンだった三峰恭介を見たくて映画館に通っていたのかな。もちろんニュース映画の件もあるし、いろいろなことが重なって、ここに来ていたと考えるべきなのかも。

さっき来ないと言ったのは、「来れない」ということだったのなら、悲しい。

ぐっと唇を噛みしめる。戦争の影が色濃く自分の心や体に染みついていく。いくら熱海が平和だからと言っても、見て見ぬふりはできないと言われているようで恐ろしい。

「――るいは、この間会った満の妹ではないのか？」

「え……、あの東京から疎開してきた加寿子さんの息子さんの満さんですか？」

確かに満さんは、東京に戻ったら徴兵されると言っていた。

「ああ。るいも東京から疎開しているし、満や加寿子さんも東京からだと言っていた。何となく顔や立ち居振る舞いも似ているような気がする」

「そう言われてみると、そうですね……」

呆然としながら呟く。満さんは三峰恭介の大ファンだった。

次回作を観たいと言ったのを思い出す。

「るいの目的が何かわからないから何とも言えないが、俺にできることがあれば言え」

「ありがとうございます……」

確定というわけではないけれど、徐々にるいちゃんのことが明らかになっていく。

だからと言って、私たちにできることは少ない。

お兄さんを戦場から連れ戻すことなんてできないし、ただ私たちはるいちゃんを見守ることしかできない。

「せめて一虎くんたちと仲良くなれたらいいのに……」

るいちゃんが心許せる居場所が熱海にできたら、彼女の心境も変化するかも。

千秋さんは「そうだな」とだけ呟いて、映画館に戻っていった。


あれからしばらく経つけれど、るいちゃんは姿を見せない。

お兄さんの満さんのことを考えると、気分が落ち込む日々を送っていた。

――戦場にいる。

それが今いる場所の現実だ。映画館のロビーで耳を澄ませると、そこにいるお客様が口々に話していることが耳に飛び込んでくる。ずっと聞こえないふりをして目を背けていたのは、私の弱さだ。

――あそこの角の家の息子さん、赤紙が届いたって。

――先日戦死されたそうよ。幼い子供たちがいるのに奥さんどうするのかしら。

――爆弾で骨一つ拾えないって言っていたわ。骨壺《こつつぼ》に入っていたのが石よ。

ああ、不穏な音で満ちている。

現実感がなくて、ただの雑音にしか聞こえなかったものが、ようやく今になって鮮明に耳に届く。

戦争、徴兵。戦死。そんな言葉がごく普通に飛び交っている。

紛れもなくその言葉はこの時代を生きる人々の日常で、ごく当たり前のことなのだ。

もしかして、千秋さんや春市さんも……。

そう思ったら、ぞっとする。

一体どんな順番で徴兵されていくの？　わからないことだらけで不安が増す。

るいちゃんもこんな気持ちなのかな。

戦争でお兄さんが徴兵されてしまって、今は不安や恐怖で心が揺れているのかも。

そう思ったら尚更《なおさら》、ほんの少しでもるいちゃんが心を許せる場所があればいいと思う。

こんな恐怖、一人で背負うのは辛すぎる。

「おい、どうした」

「え？」

千秋さんに呼び止められて立ち止まる。顔を向けると、千秋さんが「顔色が悪いぞ」と咎《とが》めてくる。

「そうですか？　自分じゃわからなくて……」

あはは、と覇気なく笑うと、千秋さんは「少し休め」と言ってくれる。

「大丈夫です。すみません、仕事に戻りますね」

「無理はするな。今日の夕食は俺一人で作る」

「そんな、無理はしてないですよ。手伝います」

「もう部屋で休め。春市には言っておく」

有無を言わさないような強い口調に、唇を引き結ぶ。

何となくわかってきたけれど、こういう時の千秋さんは絶対に譲らない。反発しても、言いくるめられてしまう。諦めてお礼を言って、自分の部屋に戻る。

戦争のこととかいろいろ考えてしまって、最近ほとんど眠れていないのは確かだ。

顔色が悪いと指摘されるほどではないと思っていたけれど、確かに体が重い。

畳の上で横になる。借りている懐中時計を開いて、その秒針が動いているのをぼんやり見つめていると眠くなってきた。瞼を閉じると、自然とまどろんでいく。

瞼の裏に浮かぶのは、戦争の恐怖がない現代のこと。

ああ、帰りたいな。

そう思って懐中時計のネジを回してみようと思ったけれど、勇気が出なくてやめた。

でも、ハンバーガーとか、ラーメンとか、行きつけのお店でお腹いっぱい食べたい。

新幹線に乗って、バスに乗って、旅行に行きたい。

ゆっくり温泉に入って、疲れを癒《いや》したい。

それに何より、家に帰りたい。両親も姉も忙しくてほとんどいないけれど、たまに顔を合わせて挨拶するだけで、安心して満たされるということに気づく。

それに何より、今はただお母さんのごはんが食べたい。

「――ほら雪、できた。早く食べなさい」

お母さんは数えることができるほどだったけど、私のためにごはんを作ってくれた。

毎日早朝から深夜まで、下手したら深夜から次の日の深夜まで、病院の副院長として休みもなく忙しい日々を送っているけれど、それでも何度か作ってくれた。

「おいしくないかもしれないけど、お母さん頑張ったんだから」

おいしいとかおいしくないとかどうでもよかった。

ただ、私のためを思って、私のために作ってくれたことがとてつもなく嬉しかった。

見た目は悪いけれど、母の手料理、というだけで私は幸せだった。

あれは、黄色の——。

「……オムライス」


目の前に置かれたそれを、呆然と眺める。さっきまで見ていた夢と重なって、まだ眠っているんじゃないかと疑ったほど。

「お前はオムライスを知っているのか。食べたことがあるか？　今日、客からの差し入れで卵を大量にもらった。日持ちしないから贅沢《ぜいたく》だがオムライスにしてみた」

「で、ですが……、こんな……」

「黙って食え。お前のために作ったんだ。それとも食べられない、と言うのか？」

「い、いえ……、そんなことはないんですが……」

私のため——。

食べられないわけじゃない。今はもう、千秋さんと一緒に作った料理もある程度食べることができるようになった。ただ、心が震えて——混乱する。

ふんわりとした卵の黄色。柔らかそうで、ほんわかと温かそうで、あの日食べたあのオムライスと同じで胸が苦しくなる。

差し入れされたと言ったけれど、もしかして千秋さんが私のために卵を手に入れてくれたのかな。卵は栄養があって昔は貴重だと聞いたし。

そっと柔らかい卵をお箸で切って、ふわふわしたオムライスを口に入れる。

「──……おいしい」

口の中で優しくほどけていく。ほんのりした甘さが、心の中の凍りついた部分を溶かす。それと同時に、ぱたぱたと涙が頬を滑って落ちていく。

どうしようもないほど、泣けてくる。

優しくて、温かくて、おいしくて。

この人は私のためにオムライスを作ってくれた。

涙が止まらない。どうにも感情がコントロールできなくなる。

でも千秋さんは何も言わずに自分のオムライスを食べている。

結局そのまま食べ進め、完食していた。気づけばこの時代に来て初めて、たくさんのごはんを食べることができた。


「突然泣いて、すみませんでした……」

映画の上映が終わったあと、千秋さんを探すと、映画館の裏の高台の広場にいた。

満天の星空を眺めているその背に向かって、深々と頭を下げる。

「お前はどうして料理が食べられない。食が極端に細いというわけではないだろう」

淡々とした声が星夜の合間に響く。

「答えたくなければ、別にいい。もう寝ろ」

そう言った千秋さんの横に立つ。

「少し長くなるんですが……」

そう言うと、千秋さんは星に目を向けたまま「話せ」とだけ言う。

「……私の両親はとても忙しい人で、手料理なんてほとんど作ってくれませんでした。私に時間をさけないほど毎日忙しく働いていて、私は幼い頃からいつも出来合いのものを食べていました」

少し言葉を切って、深呼吸する。言葉にすることなんて初めてで、喉の奥にへばりついてなかなか落ちてこない。

千秋さんは急《せ》かすこともせず、ただ黙って私の言葉を待っている。

「子供の頃、友達に笑われたんです。——手料理を作ってもらえない私のこと、お父さんもお母さんも好きじゃないんだよ。料理は振る舞う相手への愛情がたっぷりだから、愛されていない私は料理を食べちゃ駄目なんだよ、って。それ以来、私にとって料理を作ってもらえるかが、家族の愛情の証《あかし》だと思うようになりました」

あの時の絶望や羞恥心は、今でも思い出すたびに嫌な汗をかく。

こうやって打ち明けることも勇気が必要で、体の底から震えてくる。

「お前にとって手料理が家族の愛情の証だから、苦手、か。それを作ってもらえなかった自分は、愛されていないと思ったのか」

その言葉が図星で、何も言えなくなる。

「子供っぽくて、すみません……」

暗闇の中で千秋さんが息だけの声で笑った音が聞こえる。

「実際に言われた時は子供だったんだろう？　お前が言ったんだ。子供の頃に受けた心の傷は治りにくい、と。恐らくお前にとって料理は誰かとの心の距離を測る重要なものだったんだな。いや、料理という手段でしか判断ができないほど、家族関係は希薄だったのか」

その言葉に、目元が熱くなる。言い当てられて、全身が委縮する。

「……そのとおりです。自分がここにいていいのか、家族でいていいのか、――家族から自分が本当に愛されているのか、まるで実感できなかったんです。だから、自分がどう思われているか、料理という手段で心の距離を測っていたんだと思います」

両親も姉も、ほとんど不在。生活リズムもばらばら。同じ場所で暮らしていても、食卓を囲むことなんて、年に一度あればいいほう。しかもあの言葉のせいで、手料理しか自分が親にとって重要な存在であるかどうか知る手段がなかった。

「――数えるほどでしたが、母が私に振る舞う手料理は、決まってオムライスだったんです」

だから、泣いてしまった。同じものを作ってくれて、なつかしさもあった。

「手料理というものにこだわって、食べられなくてすみません……。千秋さんも、小夏さんも、春市さんも、せっかく作ってくれているのに」

暗闇の中であまり見えていないだろうけれど、頭を深く下げる。千秋さんは無言のまだ。沈黙の中にいると、一人で星空の中に浮かんでいるような恐怖に襲われる。

心細くなって顔を上げると、千秋さんが静かに私を見下ろしていることに気づく。

「……俺は一度もない」

「え……？」

「俺は両親の顔も写真でしか知らん。母の手料理なんて、記憶にない」

乾いた笑い。どこか、寂し気な空気を纏って耳に届く。

「それは、どういう……」

「俺たち兄弟は、生まれは熱海だが、幼少期まで東京で暮らしていた。俺が三歳の時に関東大震災が起きて、両親が死んだ。そのあと俺たちは祖父母がいる熱海に引き取られた。だから俺は両親の顔もわからん。母の手料理なんて覚えてもいない」

関東大震災。いつ起きたかは正確にはわからないけれど、東京を襲ったとても大きな地震だ。

知らなかった。私は三峰恭介の大ファンだけど、彼の生い立ちは明らかにされていなかった。それは千秋さんが率先して過去を話さなかったということだ。

「しばらく熱海で生活したあと、俺は一人、東京の叔父の元に引き取られてここを離れた。叔父はほとんど家に戻らず、常に一人きりだ。自活することに精いっぱいで、料理を作るばかりで誰かに振る舞ってもらうことなんてほとんどなかった」

ふと、千秋さんが呟いた言葉を思い出す。

――お前を見ていると、昔の自分を思い出す。

――俺も居場所がなかったからそうだった。

寂しさや、孤独。私が抱えている負の感情と、千秋さんが以前抱いていたものが似ていたのかな。だから心配して気にかけてくれた。そう思うと納得する。

「子供の頃に受けた心の傷は治りにくい、か。お前にくだらないことを言った《友達》とは今も付き合いがあるのか」

「え？　ええっと……、もうありません」

あのあと、私が彼女を極端に避けたせいで、話さなくなってしまった。中学も高校も違ったし、もう連絡は取っていない。彼女が熱海にいるのかもわからない。

「それなら些末《さまつ》なことだ。今はもう友人でもないのなら、そんなやつの言葉に縛られることはない。しかも今お前は家族と離れてここに住んでいるのだから、本当の家族のことも少し距離を取って、深刻に考えることはやめておけ」

些末なこと。そう言ってのけてくれたことに、不思議と心が軽くなる。

「今お前は俺と春市と暮らしている。お前が今考えるべきなのは、俺たち《まがいものの家族》のことだけで十分だ」

まがいものの家族。その言葉が嬉しくて、愛おしい。

血のつながりもなく、結婚という形で家族になったわけでもない。転がり込んできた他人の私を受け入れてくれて、たとえ偽物だとしても、彼らの《家族》の輪の中に入れてくれた。

「俺だけではなく、春市も小夏も、みんなお前を心配しているぞ。それはお前の言う《家族に向ける愛情》だろう。無理に食えとは言わないが、それは忘れてほしくない」

その言葉に、涙がぼろりと一気に零れ落ちる。みんな、私のことを――。

「……私、すごく馬鹿でした」

「え？」

「あの頃欲しかったものを、今千秋さんやみなさんから与えられていたのに、それに気づかなくて自分のことばかり優先して……、本当にすみませんでした。ごはん、しっかり食べます」

堪えきれずに声が震える。

お互いを気にかけて、支えてもらって、そうして生活している。

傍にあの子ももういない。

家族とも離れて、今は別の人たちと生活している。

「もう縛られません。千秋さんが言うとおり、私の悩みなんて些末なことだったと言えるようになります」

この場所が大事。私、あの頃欲しかったものを手に入れていたのに……。

懐中時計のネジを回した時に、帰りたいと素直に思えなかったのは、心のどこかでそう気づいていたのかもしれない。

「それなら今ここで叫べ」

「はい？」

突然のことに、声が裏返る。

「くだらん些末なことに悩んでいた私が馬鹿でした、と叫べ。眺めていてやる」

「嫌です」

すぐに拒否する。

何だろう、このドS感は。眺めていてやる、だなんて言葉、普通出てこない。でも多分本人は真面目に言っているんだろう。私を蔑むわけでもなく、よかれと思って言ってくれているのは伝わってくる。

「あの、今深夜ですよ。高台の上であまり周囲に住宅がないと言っても近所迷惑です」

「なら朝に叫べ。そうしたらすっきりするぞ。俺は今までそうしてきた」

「それも嫌です。朝も近所迷惑です。絶対叫びませんから」

千秋さんなりに励ましてくれているのはわかった。でも叫ぶのは無理。千秋さんとそんなことを言い合って、そうしてなぜか笑えてきてしまう。本音で話したことで、今まで千秋さんに対して抱いていた、怖さとかそんなものがいつの間にか消えていた。


「よし。食えたな」

「はい！　おいしかったです。ご馳走様《ちそうさま》でした！」

両手を合わせて深く一礼する。そんな私を見て、千秋さんは満足そうだった。

「それはよかった。作ったかいがある」

あの日から、ごはんをしっかり食べるようになった。自分が作ったものだけでなく、千秋さんや春市さん、小夏さんが作ってくれたものも食べられるようになっていた。

食べられなかったのが嘘みたい。料理が家族への愛情の証だとしたら、少なくとも彼らが作るものには、私への心遣いが含まれているのを、あの夜に実感することができたからなのかもしれない。

しかも、私に対する千秋さんの態度も軟化した。もちろん冷たい言葉を投げかけられることが完全になくなったとは言えないけれど、その頻度は減った。

恐らく、本音も言わずにただ自分の殻に閉じこもる私を不満に思っていたのだろう。

もちろん私も千秋さんに遠慮していたところもある。だって私の最推しだったし、おかしなことを言いたくないという気持ちもあった。

でもそうではなくて、もっと千秋さんに対して自分の感情をさらけ出しても、この人は別に私を貶《おとし》めることもしないし、馬鹿にすることもないとわかった。

思い返せば口調や態度は厳しいこともあったけれど、映写も料理も、いつも私を助けてくれていた。

本音で接すれば、千秋さんも本音で返してくれる。そういうことがわかったら、すごく話しやすくなっていた。

そんなことを考えていたら、突然襖《ふすま》が開く。

「――おい。緊急事態だ。るいが怪我をした」

戸惑いの声を上げるよりも先に、春市さんがるいちゃんを抱えていることに気づく。

「えっ、どうしたの？　大丈夫？」

慌てて駆け寄ると、るいちゃんは転んだのか両膝から血が出ていた。見たところ擦り傷で、痛そうだけど大事には至らなそうだ。るいちゃんは泣いてしまっていて、話を聞ける状態ではない。すると、春市さんの後ろから、塚本さんが顔を出した。

「映画館に来る途中で、るいが男の子と喧嘩して言い争っていたんだよ。止めに入ろうとした時に、突き飛ばされて転んだんだ。一虎じゃない子だったな」

「だって、あの子が酷いことを言うんだもん……！」

しゃくりあげながら、るいちゃんが必死で訴える。

「るいちゃん、酷いことって何？　もし話せるなら教えてくれるかな？」

彼女の背を擦りながら問いかける。するとと爆発するようにるいちゃんが叫ぶ。

「るいのお兄ちゃんが、もう帰ってこないって言ったの……！　すごく大変な戦場だから、もう戻れないって……！」

その言葉に、何千本もの針を飲み込んだような痛みが全身を貫く。あまりの衝撃に、息をするのも忘れた。

部屋の中も凍りついていた。

千秋さんも、春市さんも、塚本さんですら黙り込む。

徴兵について、男に生まれたからには避けられるものじゃない、と言った千秋さんを思い出す。すごく繊細で難しい話題に、どう反応していいかわからなくなる。それは恐らくこの場にいた全員が、感じていたことだろう。

「あの子はお父さんも家にいて、お兄ちゃんも兵隊に取られずに家にいるって言っていたの。そんなのずるい……！　あの子だけじゃなくて、みんなずるい！　るいはお父さんもお兄ちゃんも戦争に行っちゃったのに……！　るいも男に生まれたかった！　そうしたらお兄ちゃんと一緒に戦争に行けたのに！」

　空気がびりびりと電流が流れているかのように震えている。

　るいちゃんは、家族揃って楽しそうに暮らしている同級生に嫉妬していたのか。

　その気持ち、よくわかる。どうして自分だけこんな目にと思ってしまったのかな。

　泣きじゃくるるいちゃんを、思わず抱き寄せて背を擦る。

「……そうだったんだ。すごく辛かったね」

　どんな言葉をかけるのが正解かわからない。

　絶対に帰ってくる、とは軽々しく言えない。

　だって私は知っている。この戦争がどうなるかなんて、よく。

　このあとさらに悪化していって、きっとぼろぼろと人が死ぬ。その男の子が言うように、兵隊に取られたらもう帰ってこれないのかもしれない。

　こんなに幼い子も、戦争で計り知れない辛さを抱えさせられて暗い影に蝕《むしば》まれている。

　強く抱きしめると、るいちゃんは私にしがみついて、堰《せき》を切ったように泣いていた。


「るいは帰ったのか？」

　一人で閉館の準備をしていた私に声をかけてきたのは、春市さんだった。

「はい。塚本さんと千秋さんが送っていってくれています」

そうか、と呟いて、春市さんが傍の椅子に腰かけて肩を落とした。

「……おれはるいの気持ちがよくわかる。自分ではなく大事な兄弟ばかり過酷な目にあって、自分には助けることもできなくて……。その歯がゆさのせいで、次第に心が押しつぶされそうになっていく。──あれは辛い」

ロビーには二人きり。春市さんの声がやけに大きく響く。

「あの……。それはもしかして、千秋さんと春市さんのことですか？」

踏み込んでいいのかわからない。でも以前感じた二人の間の微妙な空気を思い出したら尋ねていた。春市さんはしばらく黙ったあと、困ったように笑う。

「千秋から、両親が死んでいることは聞いたか？」

「えっと……、はい。少しだけ。関東大震災に巻き込まれて亡くなられたと」

春市さんは嘆息し、背を丸める。普段は大きな体が、やけに小さく見える。

「そうだ。おれも千秋も小夏も当時東京にいて、おれは地震で何かの破片が左目に入って負傷した。そのせいで今は完全に左目の視力がない」

「えっ……。全然わかりませんでした」

「片目があれば生活できる。視力を失ったのは五つの頃だから、両目が見えていた時の記憶はほとんどない。だから、そういうもんだと思っている。──ただ、酷く千秋に迷惑をかけた」

　視力を失ったことで、千秋さんに？　よくわからずに首を傾げる。

「目を傷つけたあとになかなか治療が受けられず、悪い菌が体に入って熱が下がらなくなって数年寝たきりだった。おれたち三人は熱海の祖父母に引き取られて暮らしていたが、祖父母はおれにかかりきりになってしまった。おれの入退院が続いたせいで三人も育てられないと、当時東京で映画関係の仕事をしていた叔父が毎日忙しくて家のことができないからと、奉公人代わりに千秋を引き取ったんだ。まだ千秋は十歳だった」

　だから千秋さんは一人離れて東京にいたんだ。

「私てっきり、映画の関係者に見染められて映画に出演するために東京にいたと……」

「いや、違う。おれのせいだ」

　きっぱりと断言した春市さんから、春市さんは千秋さんに対して今もまだ負い目に思っているのが伝わってくる。

「叔父は悪い人ではないが奔放な人で、千秋はかなり苦労していたそうだ。食費も入れない、家にも帰らない。だが仕事ばかり手伝わされる。叔父の職場に出入りしているときに大星映画社から見染められて映画俳優にならないかと誘われたそうだ。食べることも、生活もままならない千秋にはその道しかなかった」

　千秋さんにとって役者は生きるすべ。

周囲をよく観察していたのも、恐らく様々な大人の中で渡り歩く処世術。

「結果、あいつは俳優になって大成した。熱海にいても聞こえてくる千秋の活躍は、自分の支えになった。千秋が頑張っているのだから自分ももっと治療を頑張らなければと思うようになって、苦手な治療も嫌がらずに受けた。そこから何とか回復して今はこうやって何の支障もなく生活ができている。おれが生きているのも全部千秋のおかげだ」

幼い頃の心の傷。春市さんは自分のせいで千秋さんに苦労をかけ、彼に心の傷を負わせてしまったと考えている。だから、今も悔やんでいる。

あの時の微妙な空気の答えを知って、やっぱり簡単に踏み込んでいいことではなかったと実感する。でも――。

「……春市さんは千秋さんのことをとても大事に想われているんですね」

呟いた私の言葉を受け止めて、春市さんは戸惑ったように目を瞬く。

「そうだな。千秋はおれにとって一生頭が上がらない存在だ。千秋のためならおれは何だってする。命だって差し出せる」

過保護なところも、そういう気持ちから生まれるのかも。

羨ましい。私もお姉ちゃんからそんな風に思われたらすごく嬉しい。

「だからるいの気持ちもよくわかる。おれは片目が見えないからすでに兵隊の適性検査に落ちている。だから戦場に行くことは今のところないが、もし千秋が激戦区に行くことになったら、絶対におれが代わりに行く」

千秋さんが激戦区に。

そう言い切った春市さんに胸が騒いで言葉が落ちない。

「るいの心がすさんで不安定になるのも理解できる。おれも同じように千秋に対して何もできない歯がゆさを経験した。それにみんなが出征していくのに、自分が兵隊になれない悔しさもある。だから、るいを何とかしてやりたいな……」

「……そうですね」

頷いた時、ちょうど映画館の正面玄関の扉が開いた。もう閉館ですと言おうと思って目を向けると、ドアのところに千秋さんと塚本さん、そして加寿子さんが立っていた。

「夜分遅くにすみません。るいがご迷惑をおかけして大変申し訳ありませんでした」

「いえ、やっぱりるいちゃんのお母様は加寿子さんだったんですね」

慌てて加寿子さんのもとに駆け寄る。

「はい。前回は夜遅かったので満だけでここを訪れたので、るいのことを紹介せずにすみませんでした。しかもいろいろと問題を起こしていたようで……」

深々とこちらに向かって頭を下げてくれる。もしかして謝罪をするためにわざわざ映画館まで来てくれたのだろうか。

「大丈夫ですよ。あの、るいちゃんは落ち着きましたか？」

加寿子さんは困ったように微笑む。

「はい。今は寝ています。るいの兄の満とるいはとても仲がよくて、兄がいない不安で心が不安定になっているのだと思います。ここ最近、塞ぎ込んだり、今日のように誰かと喧嘩して帰ってくることが多くなってしまって……。満は戦争に行っているから仕方ないと何度諭してもるいには理解できないようで……。本当に申し訳ありません」

加寿子さんはもう一度深くお辞儀をする。その姿が疲れ切っているように見えた。試行錯誤しながらるいちゃんを説得しているのが伝わってくる。

「できることなら満からるいに大丈夫だと一言言ってあげられたらあの子も落ち着くと思いますが、今満が生きているのかもわからず、連絡もないんです。手紙を送っていますが、返事がくるあてもなく……」

加寿子さんは、悲し気に瞳を揺らしていた。どう答えたらいいかわからなくなる。やっぱりどうしても、帰ってきますよ、だなんて軽々しく言えない。

その時、今まで黙っていた塚本さんが声を上げる。

「なあ、それならオレたちで一肌脱ごうぜ！」

明るい声に、淀《よど》んだ空気が一変する。

「一肌脱ぐって……」

「いるだろ？　天才が二人も」

にやにや笑う塚本さんに、目を瞬く。

「千秋がるいの兄さんを演じろ。この間、高台の広場で会ったんだろ？」

その言葉に、千秋さんは「簡単に言うな」と肩を竦める。

「立ち居振る舞いを再現するのはできるかもしれないが、声が違う。るいにはすぐに違う人間だと気づかれるだろう」

「天才は二人いるって言っただろ？　オレは声真似ができる。たとえば薄暗い舞台で千秋が満を演じて、オレが声を当てたらどうだ？　オレたちの才能で何とかなる」

「塚本は満の声を知らないだろう」

「まあな。でも加寿子さんがいる。なあ、満の声に似た親戚とかいないか？」

「え……？　ええっと、今疎開しているのが私の弟の家なんですが、弟の声は満の声と似ています」

「なら基礎になる部分はそこで聞けるから何とかなる。微妙な調整が必要だが加寿子さんの全面協力があればできるさ！」

本当に大丈夫なのか、と千秋さんは訝しんでいた。確かに私も無謀じゃないかと思ったけれど、三峰恭介のファンとして、千秋さんの演技を正直見たい。

「あの、私も手伝います。できることは少ないかもしれませんが……」

「おれも手伝おう。照明とか必要なら任せてくれ」

春市さんと二人、サポートすると宣言する。千秋さんは渋っていたけれど、最終的に頷いてくれた。

「……わかった。るいのためになるのなら、やろう。ただ俺は演じるからには完璧を目指す。それには加寿子さんの協力が俺にも必要だ。俺に満のことを詳しく教えてくれ」

千秋さんは加寿子さんをじっと見つめる。

「もちろんです！　るいのために本当に、本当に申し訳ありません……！　もうどうしていいかわからなくて途方に暮れていて……。ありがとうございます……」

わっと、その場が明るくなるのを感じる。重苦しい雰囲気が消え、ロビーの淡い照明のような優しい空気が、暖かく満ちていった。


「さっそく加寿子さんの弟に会ってきたぜ。弟の声は――《こんなもんか》？」

塚本さんが加寿子さんに向かって声真似を披露する。次の日から、るいちゃんが眠り、映画の上映が終わったあとにみんなで集まってひそかに特訓が始まった。

「すごい……！　弟の声によく似ています」

「オレは芸を極めるために、その日会った人の声真似の練習を毎日してんだよ。だからこんなの簡単だ。それで当の満の声は、今のよりも少し低いか？　それとももう少し鼻にかかる声か？　特徴を教えてくれ」

塚本さんは加寿子さんの話を聞きながら微調整をしていく。

「満は少し猫背だったな。俺に会った時ではなく、るいに会っている時の普段の満を知りたい」

「そうですね……、満は確かに猫背で、もっと肩が下がります」

千秋さんも加寿子さんから満さんの特徴を細かく聞いて再現していく。

塚本さんは恐らく見た目や振る舞いと反して、努力を惜しまない人なんだろう。千秋さんは深い観察とそれを完璧に再現する能力に長《た》けている。

二人ともやっぱり天才なんだと実感していると、千秋さんはこちらを向く。

「おい、台本書けたのか？」

「すみません、まだです！」

慌てて目の前の白い紙に目を向ける。まだ真っ白だ。

手伝うと言ったことで、私に回ってきたのは台本の執筆だった。もちろん台本なんて書いたこともない。加寿子さんがるいちゃんに伝えたいことをまとめて、うまく書いてくれと千秋さんから頼まれたけれど、まとめるのすら危うい。

二人の競演に見とれている場合じゃなかった。慌てて白い紙に鉛筆を走らせる。でもまったくしっくりこなくて、何度も書き直しているうちに、夜も更けていく。

「――まあ、いいだろう。言い回しや言いにくい箇所の細かい修正は実際に声を当てる塚本がする」

千秋さんが私が書いた台本を読んで、ようやく合格にしてくれる。

「つ、疲れた……」

思わずちゃぶ台に突っ伏す。そんなに長い文章でもないのに、酷い疲労感が襲う。

千秋さんは依然台本に目を向けていたけれど、どうにも腑に落ちない顔だ。

「あの……、どこかまずいところがありますか？」

尋ねると、千秋さんは私に目線を向ける。

「いや、特にない」

「それならどうしてそんな腑に落ちないような顔を……」

尋ねると、千秋さんは眉間にほんの少し刻まれた皺を消す。

「これがるいにとっていいことなのかわからない」

「え……」

「もしるいを諭すことができても、満が本当に生きて戻ってこれるかわからない。ただるいを騙して終わるかもしれない。だから……演じることに迷いがある」

その言葉から、千秋さんの誠実さが伝わってくる。

「……それでも、この嘘がるいちゃんにとって生きる希望になるかもしれません」

呟いた私に、千秋さんの目が追ってくる。

「千秋さんには、誰かに生きる希望を与えてくれる演技の才能があるんです。少なくとも私は生きる希望をもらっていました」

「お前が？」

「はい。全部嫌になって、もう終わりにしたいと思ったことが何度もあります。でも、次の三峰恭介の作品を観たら終わりにしよう、そう思ってそれを観たら、またその次が観たいからもう少し頑張ろう……。その繰り返しです」

六等星シネマでは、定期的に三峰恭介の作品を上映していた。

辛いことがあっても、次の上映が観たいから今死ぬのはやめよう、そう思った。

「そうやって時間を繋いで、私は今日まで来たんです。千秋さんに、三峰恭介に生かしてもらったのも同然です」

千秋さんは無言のまま、ほんの少し目を見張っている。

「私は千秋さんの演技がもっと観たい。どんな形でも、観たいんです。もちろんるいちゃんに嘘を吐くような形になるのは気が引けるかもしれませんが、るいちゃんにとってもこの舞台が生きる希望になるように私も最善を尽くします」

千秋さんは私から目を離し、天井を見上げる。

「……お前にとって俺の作品は生きる希望、か」

呟いて、私の言葉を嚙みしめているような姿に、もっと知ってほしくなる。

映画一本が、三峰恭介という存在が、どれほどの影響力があるのか知ってほしい。

「春市さんだって、そう思っていますよ」

「春市？」

「はい。あの、伝えていいかわからないですが、この間、春市さんから自分の左目のせいで千秋さんが幼少期に苦労されたとお聞きしました」

「——……聞いたのか」

「少しだけ。春市さんは、千秋さんの活躍が自分の支えになったと言いました。千秋さんが頑張っているのだから、自分も治療を頑張ろうって思ったそうです」

千秋さんは唇を引き結ぶ。

「るいちゃんと同じように、大事な兄弟のために何もできない自分のことを歯がゆく感じていたそうです。……恐らく、今も」

千秋さんは項垂れて両手で顔を覆った。

「……別に春市のせいで苦労しただなんて思ったことはない。逆に今は俺のせいで春市に苦労をかけている」

「きっと……、春市さんも同じように自分のせいでと思っているのだと思います」

お互いを思いやるからこその、遠慮や見えない溝。それが今のぎくしゃくした空気を生んでいるのかもしれない。

「わかった。一度、春市と腹を割って話してみる」

「はい！ もし私にできることがあれば言ってくださいね」

笑顔で頷いた私を見た千秋さんは、立ち上がるついでに私の頭を軽く撫でる。

え――。

「お前はいつもその笑顔でいろ。いいな？」

「は、はい……」

大きな手の感触が触れた場所に残っていて、心臓が跳ね上がる。動揺が止まらない。

「……俺の演技が知らない間にお前や春市を支えたように、るいの支えにもなれるように全力を尽くす」

「はい……」

「俺の演技をそんな風に思ってくれていて、感謝している。――ありがとう。雪」

え……、今、名前……。

頷くだけで精いっぱいだった。千秋さんが部屋から出て行ったあと、その場に崩れるように倒れ込む。

今まで一度も名前を呼ばれたことがなかった。

もしかして塚本さん⁉ 勝手に千秋さんの声を当てたんじゃないかと疑って、慌てて部屋の中を見回したり、襖を開けたりして確認するけれど、誰もいない。

やっぱり紛れもなく、千秋さんが私の名前を呼んでくれた。

じんわりと実感すると同時に、恥ずかしさに居たたまれなくなってくる。

推しだということ以上に特別な感情を抱くなんて節度をわきまえないと、と思っているけれど、ここ最近どうにもおかしくなっている。

あのオムライスを食べた日から、止められない感情が確かにある。

「……駄目だなあ、私」

それに私、この時代の人間じゃない。こうやって馴染んだふりをして何食わぬ顔をしているけれど、まだ私、千秋さんに真実を打ち明けていない。

いや、打ち明ける必要もないか。これ以上私たちの何かが変化することもないだろう。

大丈夫、熱海は平和だ。千秋さんも熱海にいたら《あんなこと》には絶対にならない。

きっとあと半年後には終戦して、日本に平和な時代が訪れる。

そうしたら千秋さんはあの煌びやかな世界に戻る。

だって、あの人は《三峰恭介》なのだから。

ぐっと唇を噛みしめる。確かに芽生え始めている感情を真正面から受け止めてしまわないように、強く瞼を閉じた。

「先日は、るいの手当てをしていただきまして、ありがとうございました」

加寿子さんは私たちの前で頭を下げる。彼女の足元に隠れるようにしながら、るいちゃんはこちらを警戒しつつ様子を窺っている。

いよいよ準備万端となり、加寿子さんに頼んで、るいちゃんを映画館に連れてきてもらっていた。もちろん加寿子さんもこちらの仲間で一芝居打ってもらっている。

「いえ、お気になさらず。よければお茶でも」

春市さんが薦めるとるいちゃんは「るい、帰る……」とか細く呟く。でも加寿子さんは「お言葉に甘えます」と言って、映画館のロビーで春市さんに向かい合うように座る。るいちゃんは退屈そうに加寿子さんの隣に座った。

「るいちゃん。よければ映画館の中を案内しようか？」

不自然さがないかドキドキしながらるいちゃんに声をかけると、るいちゃんは困ったように加寿子さんを見上げる。

「よかったわね、るい。お母さんはもう少しお話があるから、いってらっしゃい」

加寿子さんに促されたるいちゃんは、渋々という顔で私の手を取る。よし。何とかるいちゃんだけを連れ出すことができた。

次の上映と上映の間の十分間。その間だけ劇場が使える。営業終了後にしようとみんなで話したけれど、るいちゃんはすでに寝ている時間だと聞いて、営業中にやるしかなかった。すでに今上映中の映画の終映に合わせて、千秋さんと塚本さんは舞台袖で待機している。このあと春市さんは映画の止めと客出しをして、準備ができたら決行だ。

ちらりと千秋さんから借りている銀の懐中時計に目を向ける。終映まであと十五分。

大丈夫、練習どおりに館内を回ればちょうどいい時間に劇場に辿りつける。

「るいちゃん、実はここに抜け道があって……」

「へえ！　迷路みたい」

るいちゃんは初めは渋々といった雰囲気だったけれど、館内をめぐるにつれて、その珍しさからか足取りも軽くなってきていた。

「あっち行ってみたい」

「う、うん。あ！　ちょうど映画が終わる頃だよ。普段は入れないんだけど、今なら二階のバルコニー席に案内できるよ。行ってみようか！」

「えーっ、あっちに行きたい」

「次の上映が始まる前の十分間しか二階に上がれないんだよ？　今を逃すと次は二時間後なんだ。あっちはあとにして、先に二階に行ってみよう」

渋るるいちゃんを、ごめんねと思いながら二階のバルコニー席に連れていく。ちょうどお客様の退出が終わり、劇場内はがらんとしていた。

「ほら、るいちゃん。二階からだと景色が違うでしょ！」

弾んだ声を出して、二階のバルコニーから一階を指さす。

「わあ、本当だ！　すごい！」

るいちゃんがバルコニーから下を覗き込む。るいちゃんの背後から、舞台上に向かって小さく手を振る。私からは舞台上は暗くてよく見えないけれど、灯りのついているバルコニー席は、向こうからは見えている。すると、照明がゆるやかに落ちて、薄明りになる。

――始まりの、合図。

「――……るい」

階下から響いたその声に、るいちゃんはびくりと体を震わせる。

「るい？　いるのか？」

もう一度呼びかけられて、るいちゃんは声が聞こえた方に向かって駆け出す。思わずその腕を掴んで引き留める。そうしないと、るいちゃんは二階のバルコニーから飛び降りてしまいそうだったから。小さな体から、とてつもない力が発揮されて、引きずられるようにして私もバルコニーの一番前の手すりを掴んだ。

「お兄ちゃん!?　嘘、お兄ちゃん！　帰ってきたの!?」

あ――、空気が変わる。引力を伴って、この両目を一気に引き付けて離さない。緊張感が張り巡らされ、私の全身が否応なしにそちらに向かう。

舞台にはすでに誰かが佇んでいた。

暗い中で帽子を目深にかぶり、表情はまるで見えない。

でも、少し猫背の佇まいや歩く歩幅、手の振り方、全部違う。

三峰恭介でも、三島千秋でもない。あれは――。

「お兄ちゃんっ！　待って。るい、そっちに――！」

「るい、僕は時間がないんだ。すぐにここを出ないと。そのままそこで聞いてくれ」

塚本さんが話しているはずなのに、やっぱり別人。あの日会った満さんの声を思い出して、ぞぞぞっと、鳥肌が立つ。

――すごい。千秋さんも塚本さんもその才能は人間離れしている。

「いつも僕のことを心配してくれてありがとう。僕もるいのことを遠い場所からずっと考えているよ」

「お兄ちゃん……」

「母さんの言うことをよく聞いて、お友達をたくさん作って、元気に過ごしなさい。兄ちゃんは、るいがひとりぼっちで寂しく過ごしていないかとても心配だ」

塚本さんの喋りに合わせて息を吸うタイミング、肩が上がる瞬間、手振り。

あまりに自然すぎて、一人の人間がそこで話しているようにしか見えない。

千秋さんが披露するのは派手な立ち回りのあるような演技じゃない。本当にささやかな、でも完璧な演技。――血肉の通った、生きている一人の人間を再現する演技。

目が離れない。気づけば興奮して、心拍数が上がっていく。

この人はこんな繊細な演技までもできるのか……。

「兄ちゃんはるいに明るく過ごしてほしい。だからもう一度会える時まで、たくさんのお友達と、毎日を楽しく、前向きに過ごすんだよ。約束できるか？」

「……うん、わかった！　約束する！」

るいちゃんの頬には大粒の涙が零れている。

「お兄ちゃんも、絶対に帰ってきてね！」

千秋さんは、力強く頷く。台詞にないアドリブの部分は、千秋さんの演技でさらに自然なものになる。

「じゃあるい、兄ちゃんはもう行くよ。――るいのことが大好きだ」

「お兄ちゃんっ！　待って！」

千秋さんは闇の中に足を引く。るいちゃんはそれこそ飛び降りそうなほど身を乗り出す。必死で止めていると、舞台からその姿が消え、るいちゃんはようやく力を抜いてその場にへたり込んだ。

「……お兄ちゃん、生きてた」

ぼそりと呟く。

「うん、そうだね。会いにきてくれたね」

「ちょっとでも会えて、嬉しい……！」

るいちゃんは笑顔を見せてくれたあと、声を上げて泣く。その涙につられて心が大きく揺さぶられる。

ほんの少しでも、良い方向に向かっていきますように。私はるいちゃんの震える背を撫でながらそう願っていた。


「本当に、ありがとうございました。実際に息子がそこにいるようで、堪《たま》らない気持ちになりました。るいも今日のことが支えとなって前向きに過ごしてくれると思います」

加寿子さんは、千秋さんと塚本さんに向かって深々と頭を下げる。るいちゃんは泣き疲れてロビーに置かれた椅子の上で眠っている。

「この嘘が、るいを傷つけないといいが。でも今できる最善は尽くせたと思う」

そう言った千秋さんに、加寿子さんは笑顔を見せる。

「もしいつかるいが今日の真実について知る日が来ても、それだけるいのことを心配してくれていた人たちがいると伝えます。あの子はまだ幼いですが、満だけではなく、多くの人が自分を支えてくれているのだと理解できると思うので大丈夫ですよ」

「そうか……」

千秋さんはほっと胸を撫で下ろす。

「塚本さんもありがとうございました。息子の声にそっくりで胸が詰まりました」

「オレも勉強になったし、楽しかった！　こっちこそ参加できてよかったよ。三峰恭介とこんな形で競演したのはオレも初めてだったし、いい経験だ。本当にありがとな！」

「塚本は本当にふてぶてしくて、どうしようもない男だが、お前の才能は俺も認めている。また機会があればよろしく頼む」

「本当に!?　千秋から褒められるなんて最高だな！　今の言葉、絶対覚えておけよ！」

朗らかな塚本さんに、場が和む。お互いにねぎらったあと、塚本さんがるいちゃんを背負い、二人を送っていってくれた。

「お疲れ様でした。とりあえず成功してよかったです」

「おれは照明以外に特に何もしていないがな。雪の台本もよかったぞ」

「あれだけしか書かなかったのに、本当に大変でした。でもやっぱり千秋さんはすごかったですね」

隣にいた千秋さんを見上げると、ぼんやりしていたのか、我に返ったように肩を震わせる。

「あ、ああ……。成功してよかった」

千秋さんはにこっと微笑んで、「先に部屋に戻る」とだけ言って私たちから離れていく。どうしたんだろう。様子がおかしかったような……？

役が抜けない、というものなのかな。でもあんな風に誤魔化すように笑う人じゃないような。どちらかというといつもあまり笑顔を見せようとしないのに……。

それに、何となく息が上がっていたような……。

「おれはまだ仕事があるが、雪も疲れただろう。今日はもういい。上がってくれ」

「あ、ありがとうございます。すみません、そうさせてもらいます」

お疲れ様です、と頭を下げて、千秋さんを追う。

気のせいならいい。胸にはびこるこのもやもやした不安を打ち消したい。

中庭に出た時、木の根元に座り込む千秋さんが目に飛び込んできた。

「ち、千秋さん⁉」

一瞬で血の気が引く。慌てて駆け寄ると、その手が胸元を押さえているのが目に入る。

顔色が悪い。寒いのに薄く汗をかいている。

「……立《た》ち眩《くら》みがしただけだ。気にするな」

立ち眩みには思えない。

何か重大な病を抱えているような……。

「そんな、ちょっと待ってください。私、医者を……」

「大丈夫だ。すぐに収まる」

引き留めようとする私の手を押しのけて立ち上がる。

「久しぶりに演技をして、少し疲れただけだ。春市には言わなくていい」

千秋さんはいつもどおりに歩いて母屋に戻っていく。その姿は確かに何も心配はいらないと思うほど普通だった。

でも、それすら演技だとしたら――？

鼓動が速くなり、冷たい血液を送り出している。

千秋さんの有無を言わさないような態度に、これ以上何もできず、ただ不安が増殖していくのを黙って感じていることしかできなかった。


あれから数日経《た》つけれど、千秋さんは何も変わらなかった。

あの日見た光景を思い出して不安になるのが馬鹿らしくなるほど、ごく普通。

もしかして、夢だったのかな。千秋さんも特に何も言わなかったし、お互いにあの時のことに触れずに過ごしていた。

「あれ？　るいちゃん!?」

「こんにちは」

るいちゃんはぺこりと頭を下げる。

「一虎くんと一緒なんだ」

映画館の正面玄関をほうきで掃いて掃除していた時に、ちょうどるいちゃんと一虎くんが歩いているのが見えた。

「そうなんだよ。今からみんなで野球やるんだけど、るいも一緒にやるって言ってさ」

「るいちゃんも？」

「うん、女だから無理だって言ったんだけど、絶対やるって」

一虎くんの言葉に、るいちゃんは恥ずかしそうに瞳を伏せている。

「だって、るいのお父さんとお兄ちゃん、野球が好きで、るいの名前も野球の《塁》から取ったたって言ってたんだもん」

「へえ、そうなんだ。いい名前だよな！」

明るく肯定した一虎くんに、るいちゃんは「うん！」と笑顔で頷く。

ああ、るいちゃんは変わった。そういうことを感じ取って、すごく嬉しくなる。

「……そっか。じゃあ私も参加していい？　映画館がオープンするまでの一打席だけ」

「はあ？　雪も？　本当は途中交代禁止だけど、しょうがねえなあ。じゃあ来いよ！」

子供たちと一緒に、映画館の高台の上に駆けていく。するとそこには千秋さんと春市さんがいた。千秋さんが驚いたように私に声をかける。

「おい。どうしたんだ」

「野球！　やるんです！　一打席だけですが、よかったら一緒に！」

春市さんは「野球？」と驚いていた。

「俺は応援専門だ。春市、代わりに出てやれ」

「おれもいい」

渋る春市さんを千秋さんは強引に参加させる。そんなことをしていると、他の子供たちも集まり出して、即席の野球チームが出来上がる。

るいちゃんはピッチャーの一虎くんからヒットを奪い、塁に出ている。

「雪からは三振奪うからな！」

「望むところ！」

放たれた白球に向かって、バットを振る。するといい音とともに青い空に白いボールが吸い込まれていく。

「……いい当たりだ！　るい、雪、回れ！」

「はい！」

千秋さんの声で駆け出す。ホームに戻ってくると、みんな笑っていた。

るいちゃんも、千秋さんも春市さんも。そして私も。

第三章　ごはんつき上映会

「これ、差し入れです。恭介様にお渡しください」

「ありがとうございます。渡しておきますね」

袋に入った野菜を受け取って、会釈する。

あれからるいちゃんが一虎くんや他の女の子と遊んでいるのを目にするようになった。たまにニュース映画を観に、加寿子さんと映画館を訪れて、この間はみんなで何をして遊んだと楽しそうに教えてくれる。そうこうしているうちに二月も半ばになったけれど、私も千秋さんも春市さんも、いつもと変わらない日々を過ごしている。

「――これ、差し入れなんだけど。春市様に渡してくださる？」

そんな声に目を向けると、豊代さんが不満げな顔をしてお米を手に立っていた。

「もちろんです。春市さんに豊代さんからだとお伝えしますね」

お米を受け取って丁寧にお辞儀する。豊代さんは春市さん目当てに定期的に映画館にやってくる。相変わらず私の存在が目障りなのか、よく睨みつけられるし「春市様に色目を使ったらただじゃすまないから」と凄《すご》んでいく。

でも、差し入れしてくれるのはとてもありがたい。

爆撃もないから未だに命の危機はあまり感じないけれど、戦時中。調味料がない時はあったけれど、酷く食べ物に困らなかったのは、春市さんや千秋さんのファンたちが野菜や米を度々差し入れてくれていたからだと暮らしていてようやく知った。

「あの、でもお米なんて貴重なものを、いただいてもいいんでしょうか？」

豊代さんの生活が苦しくなってしまうんじゃないのか。

「大丈夫。あたしの家は農家だから。他の家より余裕があるの」

「そうでしたか……。では申しわけないですが、ありがたく頂戴《ちょうだい》します」

「絶対に春市様に豊代からだって伝えてくださいね」

念を押して、豊代さんは去っていく。


「……――と、いうことでお米は豊代さんからです」

「そうか。おれからも礼を言っておく」

「お願いします」

春市さんに向かって頭を下げると、千秋さんが口を開く。

「あまり過剰にもらってしまうのは気が引けるが、このご時世で食べるものにある程度困らないのはありがたいな」

春市さんは映写の切り替えが三十分後にあるからか、ごはんを一気に口に掻き込む。

「千秋の言うとおりだな。感謝しよう。もらった食材は、腐らす前に使ってくれ」

「はい……。でも時折差し入れが多すぎてどうしたらいいか」

「近所に配ってもいい。おれ一人の時はそうしてきた」

「わかりました。ではそうさせてもらいます」

ここ最近なぜか差し入れが重なって、私たちで消費できるような量ではなくなっている。備蓄できるものならいいけれど、野菜とかは腐らせる前にどうにかしないと。

ああ、現代だったら、ごはんつきの上映会とか開催するのにな……。

ん？　ごはんつきの上映会？　これだ、とひらめく。

「あの、ごはんつきの上映会を開催しませんか？」

「なんだそれは」

提案した私に、千秋さんは首を傾げる。

「映画を鑑賞後に、映画にちなんだごはんを振る舞うんです。お客様は今観た映画に出てきたおいしそうな料理を食べることで、作品に対して理解が深まります。味覚と作品を結びつけることで映画の印象も濃いものになるんです」

なるほどと、千秋さんは頷く。結構好意的な雰囲気にほっとする。

「……そうか。面白そうだな。やってくれて構わない。何か手伝いが必要なら言え」

春市さんも全面的に私の企画を受け入れてくれた。

「あ、ありがとうございます！　頑張ります！」

すんなりと企画が通ってしまって、若干の戸惑いはあるけれど、嬉しくなる。

「千秋も簡単なことを手伝ってやれ。気が紛れるだろ」

「言われなくてもやるさ。だが映画は何を流す」

「今上映中の映画だと、『天を駆ける』と『伊那《いな》の勘太郎《かんたろう》』だな。これから上映するのは『姿三四郎《すがたさんしろう》』と、『かくて神風は吹く』だな」

フィルムの数は限られている。熱海は地方館だから東名阪の上映後にフィルムが回ってくる、いわゆるセカンド。もしくはサード。この時代もそうだったのかな。

「『姿三四郎』をやるんですか？」

「ああ、やるぞ。東京では昨年封切られていたな。観たのか？」

「はい！　私、黒澤明《くろさわあきら》監督も藤田進《ふじたすすむ》も大好きで！　藤田進さんは素敵な俳優で……」

思わず声を弾ませる。『伊那の勘太郎』も長谷川一夫《はせがわかずお》が主演だし、『かくて神風は吹く』は、この時代の四大スターの共演で超豪華俳優が勢ぞろいだった。

『姿三四郎』はあの黒澤明の処女作だし、藤田進は男らしくてすごく素敵。熱海でかかったら、もう一回観ないと！

「――いつ観た。お前はやはり東京にいたのか？」

不機嫌そうな声音の千秋さんに、急に我に返る。

「えっ、あ……、そ、そうなのかな？」

あまり覚えていなくて、とお決まりの言葉を続けると、千秋さんは苛立ちを隠さず大きな溜息を吐く。そんな千秋さんに対して、春市さんは苦笑した。

「自分以外の俳優を褒められたからと言って、ふてくされるな千秋」

「ふてくされてなんかない」

そう言いつつ、不機嫌な表情を隠さない。

かわいい人だと表現するのは怒りそうだけど、憎めない人だ。

思わず微笑むと、千秋さんはますます不機嫌な顔になって、へそを曲げた。

「まあ、開催時期にもよるが、これから上映する予定の作品はフィルムが届かないと観ることができないから、今上映している作品のほうが映画の中で何を食っているかわかるからいいかもしれないな。雪がすでに観ている『姿三四郎』でもいいが劇中で何を食っているか覚えているか？」

春市さんに尋ねられて、思い返してみるけれどまったく思い出せない。

「すみません……、記憶になくて。『天を駆ける』だったら、食事のシーンは三回ありました。戦争前にご飯屋で食べる焼き魚のシーンと、女優さんと食べるお菓子のシーン、あとは出征前に部隊で食べるおむすびのシーンでした！」

戦況が悪化するにつれて、徐々に食べるものが質素になっていくのを思い出す。でも死にに行く前に部隊のみんなとおむすびを食べて……。それがまた切ないんだよね。

「……お前、どうしてそんなに覚えている。俺自身忘れたぞ」

千秋さんがドン引きしている表情を見て、思い切り現実に引き戻される。

「ええっと、だから好きな映画で……」

「そうは言ってもそこまで覚えていないだろう。お前は一体あの作品を何回観た」

「何回って……。たくさん観てはいけないですか？」

「まあまあ。それなら『天を駆ける』にしておむすびでいいだろう。幸い豊代のおかげで米はある程度備蓄があるな。野菜たちは漬物にして振る舞えばいい」

千秋さんと私が言い争う前に、春市さんがなだめるように話を変えてくれる。

「まずは小夏に相談してみろ。料理ともなれば雪はあまり役に立たないだろうからな」

図星。でも春市さんの言っていることは、正論だ。

「わかりました。まずは小夏さんに相談してみます」

とりあえずは春市さんの言うとおり、小夏さんにアドバイスをもらおう。


「ごはんつき上映会？　楽しそうね！　いいじゃない」

映画館からほど近い小夏さんの家を訪ねると、ちょうど小夏さんが家の前をほうきで掃いていた。

「――はい。それで申し訳ないですが、そこで出す料理について教えてもらいたくて」

「もちろん構わないわよ。で、何を作るの？」

「千秋さんの主演作の『天を駆ける』を上映して、その中で登場するおむすびを出そうかなって。野菜は漬物にしたらどうかって春市さんが提案してくださいました」

「へえ、それはいいかもね。あの映画、わたしも観たけど、最後の出征の場面の前のおむすびを食べるシーンは印象的だったものね。それに、来る人数にもよると思うから、おむすびは簡単だから助かるわ。でも、今はお米はとても貴重よ。いくら備蓄があっても、そんなにたくさんは用意できないと思うけど」

「やっぱりそうですよね……」

日々の食卓に並ぶ料理もお米は少ない。今は差し入れが重なって多少あるけれど、備蓄が少ない時は雑炊にしてしのぐことがほとんどだった。

「麦とか雑穀を入れて、お芋や葉物野菜で誤魔化して、小さなおむすびって感じになるかしら。どれくらいお米はあるの？」

「豊代さんが春市さんにご提供してくださったお米があります。今教えてくれたような小さなおむすびなら、百個作れそうな感じはします」

「豊代ちゃんのおうちは豪農でお米や野菜をたくさん育てているから余裕もあるわね」

「豊代さんのおうちはそんなに大きな農家なんですか？」

「ええ、そうよ。熱海は坂が多くて畑や水田をなかなか作れないんだけど、豊代ちゃんのおうちは伊東《いとう》に土地を持っていて、すごく広い田んぼや畑があるのよ。今は人を雇って作物を育てているみたい。余裕があると言っても、お米を作っても大半は国に取られてしまうけれどね」

兵士を養うためなのかな。それは仕方ないことだけど、そのせいでいろいろな人が困っている。

「豊代ちゃんのお父様は農業以外にも熱海で手広く商売をしていて、海沿いに旅館をいくつも持っているわ。みんな、豊代ちゃんのことをお嬢様って呼んでいるわね」

それはすごい。でも確かに豊代さんには気品みたいなものがある。

「豊代ちゃんに頼んだらもっと何とかなるかもしれないわね」

「そうですね。豊代さんとも話してみます」

「ええ、そうしてみて。ごはんつきの上映会だなんて、みんなありがたがるわ。熱海でも食料は手に入りづらくなってきているし嬉しい行事になるわ」

小夏さんが肯定してくれて、自信がつく。

「この間、春市から加寿子さんやるいちゃんの話を聞いたけど、疎開中の人は地元の人と交流するきっかけもなくて、なかなか馴染めない人も多いって聞くから、そういう人たちもこの上映会で交流できるといいわね」

小夏さんの優しい笑顔に、大きく頷く。

本当にそうだ。この上映会で何か変化が起きたら――。

「小夏さん、ありがとうございます。また具体的なことが決まったら連絡します！」

小夏さんに向かって、深く頭を下げて駆け出す。

自分にとって映画館という場所が救いであったように、誰かにとってもそういう場所であればいいな。この企画、全力で取り組もうと心に決めた。


「では日程は七日後の夕方六時からで、流れは映画上映後に、ごはんを振る舞う形になります。料金は映画料のみで。ごはんはおむすびとお漬物。定員は座席数と同じく百名。当日の午前中から本格的に調理を予定しています。人員の配置は――」

「慣れているな」

春市さんが私が書いた企画書を見ながら感想を漏らす。

イベント上映は何度も開催したし、何が必要なのか、どう準備したらいいかは何となく把握している。

ただ、現代ではイベントに慣れている人たちと開催していたから順調にこなせていたけれど、正直この時代でうまくやれるかはわからない。

「――全面的に雪に任せる。いいか？　千秋」

「別に構わない。おむすびの準備とか、手が足りないなら俺も手伝おう」

「ありがとうございます……！　すごく助かります」

小さいと言ってもおむすびを百個握ることに不安を覚えていたけれど、何とかなるかな。あと一人ぐらい手伝ってもらいたいけど……。

「あの、できれば豊代さんに力をお借りできないか聞いてみたいんですが」

「わかった。豊代に手伝ってもらえないかおれから聞いておく」

ありがたい。春市さんから言ってもらえたら、豊代さんは恐らく力を貸してくれる。

「だから千秋は無理をするな」

「別にしていない」

千秋さんは何か不満に思ったのか、不機嫌そうな顔になる。

何だろう、不穏な空気が満ちているような気がする。

「と、豊代さんに声をかけてくださるのは助かります。もう一人いればいいなと思っていたので。よろしくお願いします」

頭を下げて上げた時には、二人の間の空気はいつもと同じものに戻っていた。


さっきのやりとり、なんだったんだろう。

二人の間の幼い頃の出来事に端を発する溝のようなものは、勝手に解消したと思っていた。でもそれとは別の不穏さのように感じた。

思い返してみると、前にも似たようなことがあったような気がする。千秋さんが何かをすると言うと、春市さんは反対や心配をして、簡単には認めてくれなかった。

それを、弟が大事だから、という理由だと勝手に思っていた。

でも、春市さんは千秋さんが何かしようとすることを不満に思っているのかな？

千秋さんは大スターだし、下手に動けば本人だけじゃなく、映画館にも、周囲の人々にも危害が及ぶかもしれないから、心配して反対するのは当然だけど……。

「──雪」

突然声をかけられて、肩が跳ね上がる。振り返ると、春市さんが立っていた。

終映前のロビーには私しかいない。ほうきで床を掃いていた手を止める。

「は、はい。どうしました？」

「今度のごはんつき上映会のことだ。……千秋に無理はさせないでくれ」

「え？　無理？」

尋ね返すと、春市さんはしばらく黙る。その沈黙が、緊張感を生む。

「……何かあって怪我でもして、傷跡が残ったら大変だ。あいつは東京から疎開してきているが、俳優だからな」

「確かにそうですね。わかりました。無理しないように見ておきます」

私がそう言うと、春市さんはあからさまにほっとした顔をした。

「野菜や米やら、重いものはおれが勝手場に運んでおく。千秋に頼まなくて大丈夫だ」

「助かります。ありがとうございます」

「あと、千秋に何かあったら、すぐにおれに教えてくれ」

「わかりました」

何となく腑に落ちずもやもやする。

春市さんが千秋さんをやけに気にかけている。

もちろん、千秋さんは映画界を背負う大スターだから、怪我をしたら困るというのもすごくわかる。でもその言葉以上に、もっと何か別の問題があるような？

重いものを運ばせたくないのはなぜ？

何かあったらって、具体的に何？

この間の苦しそうにしていた千秋さんを思い出して、胸がざわめいていた。


「ちょっと雪。ごはんつきの上映会をやるんですって？」

朝のオープン準備で敷地内を掃除していると、そんな声がかかって顔を上げる。すると豊代さんが凛《りん》とした表情で私を見ていた。

「はい。春市さんからお聞きしました？」

「ええ。聞いたわ。あなたの手伝いをするなんて不本意だけど、春市様の頼みだから仕方ないわね。手伝ってあげるわ。で、何をすればいいの？」

その言い草に苦笑いするけれど、恐らく豊代さんは自分にすごく素直な人なんだろう。

想い人の傍をうろつく、急に現れた私という存在を邪魔だと思うのは理解できる。

「ありがとうございます。すごく助かります。おむすびと漬物を振る舞おうと思うんですが、その準備を一緒に手伝ってもらいたいです」

「わかったわ。食材はあるの？　少し見せてくださる？」

「はい、わかりました」

借りた懐中時計を開ける。オープンまであと一時間くらいあるからまだ大丈夫。

「あら。雪はとてもいい時計を持っているのね」

「えっ、あ、これは借りたもので……」

「借りた？　まさか春市様ではないでしょうね？」

ぎろりと睨みつけられ、ひやりと背筋が凍る。言いよどむ私に、豊代さんはさらに肩をいからせて詰め寄ってくる。明確な敵意に誤魔化せずに口を開く。

「ち、違います。千秋さんからお借りしたものです！」

すると、急にトーンダウンする。頭に生えていたツノが急に抜けたみたい。

「そうなの？　ねえ、しっかり確認するけれど、春市様目当てじゃないわよね？」

「もちろんです！　春市さんも千秋さんも、私にとって上司ですから！」

私はこの映画館の従業員なので、それ以上も以下もなく、そんなことは絶対にありえませんと豊代さんに念を押す。

「……そう。ならいいの。わかったわ。雪を信じるから」

案内して頂戴と言って、豊代さんは歩き出す。豊代さんを映画館の裏庭に誘導しながら、何も話さないわけにもいかずに世間話をしていたけれど、ふと会話が途切れて沈黙が満ちる。どうしよう、豊代さんと春市さんの関係を聞いてみようかな。

「あの、豊代さんは春市さんのことをとても大事に想われているんですね」

食料の差し入れもそうだけど、いつも映画を見に来てくれているし、春市さんの要望があればこうやって手伝いにも来てくれる。

「ええ。春市様はとても優しいんです」

「優しい？」

思わず尋ねてしまって後悔する。まるで優しくないとでも言っているようだった。

「ええ、とても。以前映画を観ていた時に絡んでくるお客がいて、毅然と対応してくださったの。怖かったからすごく安心して……。それ以来、春市様が気になって、って、何を語っているのかしら」

豊代さんは頬を赤らめて、慌てて取り繕う。

「いえ、すごく素敵です。春市さんはとても良い方で私もすごく感謝しているんですが、いま一つ考えていることがわからなくて……」

春市さんは、あまり表情が変わらない。淡々としていて、落ち着いている。

頼りがいがあるし、困ったと言えば的確な答えを返してくれる。上司としては百点満点なのだけど、人の顔色を窺う癖がある私には、まだ感情を読み切れないところがある。大抵は眉間に皺を寄せて黙っているから、何かまずいことしたかなと少し不安になるし、千秋さんの件だって、今も何となくもやもやしたままだ。

「確かにそういうところはあるわね。いいことを教えてあげるわ。春市様は普段——特に何も考えていらっしゃらないのよ！」

「えっ？」

自信満々に言い切った豊代さんに、戸惑いを隠せない。そんな私の反応を見て、豊代さんは楽しそうにくすくす笑っている。

「あたしも何を考えているか知りたくって、いろいろ話しかけたけれど、深く考えることはないんですって。だからあなたも春市様の挙動から、一喜一憂しなくていいの。あんなに美しい彫刻のようなお顔だから、何となく冷たいように見えてしまうのよ」

確かに三島家は全員美形揃い。千秋さんは線の細い現代的な美男子だけど、春市さんはヨーロッパの美術に登場する胸像のような、彫の深い整った顔立ちをしている。

「三峰恭介が帰ってきたせいで町は大騒ぎしていたけれど、それまでは春市様目当ての女性客が圧倒的に多かったのよ。今回千秋さんに寝返った子は、もう春市様の親衛隊に戻さないつもり。もちろんあたしが親衛隊長よ」

親衛隊……。確かにいても驚きはないな。

気づけば豊代さんと話が弾んでいる。恋愛の話って、普遍的に盛り上がるんだな。

「……ここが勝手場で、お米や野菜は豊代さんがくださったものや、町の人々が差し入れしてくれたものを使うつもりです。一応定員は百名程度を予定しています」

映画館の裏庭の奥に建つ一軒家。もちろん関係者以外立ち入り禁止で生け垣でエリアが分かれている。私は映画館の宿直室で寝泊まりしているけれど、春市さんと千秋さんはこちらの母屋に住んでいる。

「確かに食材の量はあるから問題はなさそうね。おむすびの具は何を入れるつもり？」

「そういえば……考えていませんでした」

すっかり忘れていた。というかこの時代の人たちは具を入れるかどうかもよくわかっていなかった。最悪塩むすびでもいいかな。

「あなたどこか抜けているわね。いいわ。うちで梅干しと鰹節《かつおぶし》を用意してあげる」

「えっ、そんな……」

「構わないわ。誰かから聞いたかもしれないけれど、うちは農家の他にも旅館の経営とか手広く事業をしているの。梅干しや鰹節はそこに貯蔵してあるから大丈夫」

「すみません……。ありがとうございます」

深く頭を下げると、豊代さんはまじまじと私を眺める。

「あなた、見たところあたしと同い年くらいだけど、敬語はやめて。いくつなの?」

「歳《とし》は二十二です」

「あたしの一つ上だわ。それなら尚更敬語はやめて。《豊代さん》だなんて、他人行儀で嫌。よろしくね、雪」

華奢《きゃしゃ》な白い手を差し出されて、慌てて握る。お嬢様だと小夏さんが言っていたけれど、本当にそうだ。豊代さんは気品があって、凛としていて、はっきり自分の考えを伝えてくる。初めは戸惑ったけれど、裏表がなくて話しやすい。すごくいい子だ。

「じゃあ……豊代ちゃん。私、ちょっと記憶を失ってしまっていて、正直いろんなことを忘れているんだけど……」

そう言うと、豊代ちゃんは目を丸くする。そして一気に破顔した。

笑うとえくぼができて愛らしい。

「ふふっ。雪って、冗談がうまいのね。ここ最近で一番面白い冗談だわ」

「冗談じゃなくて……」

「は?　本気なの?」

真面目な顔で頷くと、今度はみるみるうちに青い顔になった。

「……ちょっと、詳しく話を聞かせて頂戴」

豊代ちゃんに嘘を吐くのは申し訳ないけれど、身の回りのことがおぼつかないこと、おかしなことをするかもしれないけれど先に謝りたい旨を伝えていく。

そんなことをしていたら、結局オープンぎりぎりまで話し込んでしまっていた。

「今度、ごはんつき上映会を開催することになりましたーっ。よかったら是非ご参加ください！」

手書きで作ったポスターを指さして、ロビーで待っている人たちに宣伝する。

本当はチラシを配りたいところだけど、使える紙も多くないし、何より手書きですべて書かないといけないことに気づいて早々に諦めた。

現代なら、パソコンでちゃちゃっと作って、すぐに大量に印刷して宣伝できたのに。

仕方がないとわかっていながら、歯がゆい気持ちになる。

「ねえちゃん、面白そうなことやるんだなあ。俺の周りのやつにも宣伝しておくぞー」

「ありがとうございます！　助かります！」

映画を観に来ていたおじさんが、手を振って去っていく。あとはもう口コミに頼るしかない。ありがたいことにチラシを作らなくても、お客様たちは自分が持っている手帳のようなものにメモを取ってくれている。スマホもないこの時代、こうやって人々は情報を書き留めて忘れないようにしていたんだ。

「——雪、ごはんつき上映会のことを詳しく聞きたい方がいる」

春市さんに呼び止められて振り返ると、すぐ傍にあった椅子に気づかずにつまづく。

あ、しまった。転ぶ――。

ぎゅっと目を強く閉じて、襲ってくるはずの痛みに耐えようと体を強張らせるけれど、一向に痛みは訪れない。

「落ち着け。危ないぞ」

耳元で呟かれて、驚いて目を開ける。すると春市さんが私を抱き留めていた。抱きしめられるような形になっていて慌てて離れる。

「す、すみません！　ありがとうございました！」

お礼を言うと、春市さんは大して気にもせずロビーから出ていく。

お、驚いた。いや、元はと言えば、落ち着きのない私が悪いんだけど。

お客様にごはんつき上映会のことを説明しているうちに、そんなことがあったことすら忘れてしまっていた。


「ちょっと雪！　どういうつもり!?」

豊代ちゃんが朝のオープン準備をしていた私の傍までつかつかと歩いてきて、挨拶もそこそこに怒鳴った。驚いて目を丸くする。

「ど、どういうつもりって……」

「き、き、昨日、春市様とロビーで、だ、抱き合っていたと聞いたわ！　あなた本当はあたしを騙していたんでしょ！　春市様の恋人なの!?」

涙目の豊代ちゃんに、思考が停止する。

え？　私と春市さんが抱き合っていた？

まったく身に覚えがなく、混乱する。でも昨日春市さんが椅子につまずいた私を助けるために抱き留めてくれたけれど、もしかしてあれを見ていたお客様が面白く言いふらしている!?

「誤解だよ！　あれは転びそうになって――」

「ああもう聞きたくない！　言い訳なんて適当にできるでしょ！　信じないから！」

「豊代ちゃん！」

引き留めようと手を伸ばしたけれど、私の手を振り払って豊代ちゃんは嵐のように去っていった。


せっかく豊代ちゃんと友達になれたと思ったのに、これはもう嫌な予感がする。慌てて母屋に駆け込むと、春市さんは千秋さんと食卓を囲んでいた。

「す、すみません。今、豊代ちゃんが来て……！」

「さっきここにも来た。何か喚いていたが放っておけ」

「ええ、でも……！」

「騒げば騒ぐほど、噂に尾ひれがつく。黙っていればそのうち静かになる」

春市さんはそれだけ言って、ごはんを食べ終えたのか部屋から出ていった。思わずちゃぶ台の傍にへたり込む。

「――お前は春市の女だったのか」

淡々と落ちたその言葉に、驚いて顔を上げる。千秋さんはいつもどおりだった。

「違います！　誤解です！　昨日は――」

「春市は弟の俺から見てもいい男だ。――祝福する」

その言葉に、思わず唇を強く引き結ぶ。

祝福？　幸せな言葉のはずなのに、まるでナイフのような鋭さに、心が悲鳴を上げた。

何を言っていいかわからずに黙り込むことしかできない私に、千秋さんは「大丈夫か？もし困っているのなら言え」と言ってくれる。

その声も態度も、いつもどおり。それがいかに私なんて女として興味もないと言われているようで、目の奥が熱くなる。

大丈夫、ではない。これ以上騒ぎが大きくなったらと思うと怖い。

でもそれを千秋さんに打ち明けたところで、負担になるのも恐ろしい。

「……大丈夫です。映画館に行きます」

　千秋さんから背を向けて、逃げるように母屋を出た。

「あらーっ、春市くんと結婚するなんて本当におめでとう！」

「早く言ってよねえ。でもあなたが春市くんと一緒に映画館を切り盛りしているのを見て、いいお嫁さんになるってみんなで言ってたのよお」

　春市さんに文句を言いたい。黙っていればそのうち静かになると言ったけれど、どんどん悪化している。

　違います、ただの噂です、と否定しても、またまたあ、恥ずかしがらなくても！　と茶化されて終わる。その繰り返しに心も体も疲弊していく。

　豊代ちゃんは私を完全に避けている。頻繁に映画館に来てくれていたのに、ぱったりと来なくなった。この騒ぎで、ごはんつき上映会の準備すらままならない。

　それに、千秋さんのことを思い出すと、どうにも全部放り出したくなる。もちろんあの後も何度も顔を合わせているけれど、ごく普通。

　祝福する。そう言った言葉が未だに耳に残っている。

　どうして自分がこんなに傷ついているのかなんて、そんなの――。

　駄目、言葉にしたくない。

　目を背けていたい。理解したって、苦しいだけ。

「おいおい、幸せの絶頂にいるんだろ？　もっと嬉しそうな顔をしろよ」

そんな声で我に返る。顔を上げると塚本さんが観賞料を差し出している。

「春市さんの恋人とか、結婚するっていうのは、誤解ですから」

「誤解かよ。不愛想だが顔よし、器量よし、そんでもって徴兵免除されてるなんて相当いい物件だと思うがなあ。オレは顔よし、器量よし、器量よしだが、そのうち徴兵されるからな」

自分で顔よし、器量よしと言ってのける塚本さんに若干呆れるけれど、徴兵という言葉が胸に引っかかる。

「徴兵されるから結婚しないってことですか？」

「オレは女を泣かせないぞ。まあ徴兵されるからこそ結婚するってことのほうが多いかもな。血を絶やさないために子供を産んでもらわないとならねえし」

そういう時代。

現代とはかけ離れた感覚に直面するたびに、絶望に似た感情を味わう。

「そういうものなんですね……」

「まあな。春市のことが誤解なら、オレのところに嫁に来い！」

「遠慮します。今は冗談でもやめてください」

はあと溜息を吐く。顔を伏せた私に、塚本さんは「元気だせよ！」と言って私の背を叩く。そう言われても……。

「この騒動のおかげで企画の準備もできずにいて、どうにも気分が上がりません」

「企画？」

塚本さんに、ごはんつき上映会を開きたいと思っていたが、豊代ちゃんから避けられてしまってどうにもならなくなっていることを伝える。

「なんだよ。そんなことなら豊代に誤解だって言えばいいだろ」

「……違うと言ったんですが信じてもらえなくて」

泣き出す一歩手前の声で呟くと、塚本さんはけらけら笑う。

「それなら千秋に頼んで、春市じゃなくて千秋の恋人だって一芝居打ってもらえよ。それで豊代も安心して手伝ってくれる。万事解決するだろ」

「ぜっ、全然解決しません！　そんなの――！」

そんなの無理。絶対に無理。

千秋さんだって嫌だと言うだろう。祝福する、と言われた手前、頼めるわけがない。

それにあの人は大星の大スターであって、スキャンダルめいたことなんて……。

「おいおい、何をそんなに動揺しているんだよ」

塚本さんがにやにや笑っているのを見て、我に返る。

「えっ、映画！　始まります！　早く劇場にどうぞ！」

無理やり塚本さんを劇場に押し込む。

ああもう駄目だ。どうにもこうにも、千秋さんを意識している自分がいる。

最早《もはや》千秋さんは、推し、ではない。正直、一人の男性としてしか見ていない。

そういうことに気づいて、悲しくなる。

気づいただけで苦しいだけなのに――。

どうしよう。誰にも頼れない。誰にも相談できない。でももうとにかく豊代ちゃんに会わないと。豊代ちゃんの誤解だけは絶対に解いておきたい。


「一体何？　あなたと話すことなんて何もないんだけど」

豊代ちゃんの家は、すごく簡単に見つかった。何せ《熱海で一番大きな家》で、《山積》という苗字は一軒しかなかったから。

少し町に行きたいと言うと、春市さんは簡単に了承してくれて、映画館の仕事の合間に豊代ちゃんを訪ねていた。

大きなお屋敷の中の美しい庭が見える場所に案内されて、豊代ちゃんと真正面で向き合っている。会わないとごねていたけれど、会ってくれるまで帰らないと言ったら、折れてくれた。

「やっぱり、誤解を解いておきたくて……」

「誤解？　やめて。あなたとはもう話したくないって――」

立ち上がろうとした豊代ちゃんを引き留めるように声を上げる。

「私、千秋さんが好きなの！」

「え——」

豊代ちゃんは私の突然の宣言に目を丸くする。

「春市さんじゃないよ！　だから、春市さんと抱き合っていたなんてそんなことありえないの。あの日、たまたまロビーでつまずいて転びそうになった私を春市さんが助けてくれたの。それをお客様に見られて誤解されただけなんだよ」

完全に誤解。豊代ちゃんはもちろん、千秋さんだって誤解している。

「確かに雪はあの人から借りた懐中時計を持っていたけど……あなた本気なの？　相手はあの《三峰恭介》なのよ？」

「別に恋人になりたいとかそんなこと考えてないよ。本当はこんな感情、蓋をして見ないままにしておきたかった。でも、今回こんな風に騒がれて、千秋さんから祝福するって言われて、ものすごく傷ついて、もう私、自分の気持ちから逃げられなくて……」

もしこの騒ぎがなければ、はっきりと好きだなんて口にできなかった。推し以上の気持ちを抱いたことも理解しないように、うやむやにしたまま日々を過ごしていたはず。

「それに、私を信じるって言ってくれた豊代ちゃんに誤解されたままでいたくなかった。豊代ちゃんはここに来て初めてできた同性の友達だったから尚更、今のままは嫌」

「雪……」

「千秋さんは大星の大スターだし、私なんて完全に蚊帳の外で、きっとどうでもいいと思われているのは自分が一番わかってるの。だからこそ千秋さんに対する気持ちを自分でも認められなくて、豊代ちゃんにもすぐに説明できなかった。本当にごめんなさい」

深く、頭を下げる。町の人は黙っていれば春市さんの言うとおりそのうち誰も騒がなくなるかもしれない。でも、豊代ちゃんは違う。真剣に春市さんのことを好きだってよく知っているからこそ、弁解させてほしい。

「もし豊代ちゃんと千秋さんが抱き合っていたなんて噂を聞いたら、私だってすごく傷つくし悲しいし、怒ると思う。豊代ちゃんを傷つけてしまって、本当にごめんね」

腿《もも》の上に置いた手を強く握っていたら、私の手の上に白くて華奢な手が置かれる。

顔を上げたら、豊代ちゃんは私と同じように泣き出しそうな顔をしていた。

「あたしこそ、あなたの話を聞かずに一方的に決めつけてごめんなさい。雪は初めから違うって言っていたのに、頭に血が上って周りが見えなくなっていたわ」

「豊代ちゃんは悪くないよ……。元々は私の不注意が原因だし」

「何が原因でも、これ以上傷つきたくなくて話すら聞こうとしなかったのはあたしの弱さよ。言いにくいことを打ち明けてくれて、誠実に弁解してくれて、本当にありがとう。あたしは雪を信じるわ」

豊代ちゃんは私に向かってにこりと微笑んでくれる。

現代にいた時の私は、こんな風に同性の友達に向き合ったことはなかった。誤解されてもどこかで諦めて、自分から距離を置いていた。

でも、もしかしてこんな風に真剣に誰かに向き合っていたら、何か違っていたのかもしれない。

仲直りの握手をしたら、以前よりもずっと豊代ちゃんを近くに感じる。豊代ちゃんは「この噂、あと数日待っていて」と口にした。


その言葉のとおり、豊代ちゃんに会ってから二日後には、春市さんと私がどうこうという話は消え失せた。豊代ちゃんが誤解だと言った途端、町の人は山積のお嬢様が言うのなら本当に誤解で何もないのだと思ったらしい。

町の人の豊代ちゃんや山積家に対する信頼は格別なんだとようやく理解する。豊代ちゃんが動いてくれたことに、感謝しかない。

「いよいよ決戦の日ね。やるわよ、雪！」

「うん！　頑張ろう、豊代ちゃん！」

「あらあら、いつの間に二人は仲良くなったの？」

朝早くから私と小夏さんと豊代ちゃんで集まり、包丁を握りしめる。

いろいろあったけれど、今日はごはんつき上映会の開催日だ。

私たちの前に並んだ、大量の大根やカブ。他にもよく知らない葉っぱなどがある。

「これってなんの葉っぱ？」

「やだ、忘れちゃったの？　サツマイモの葉っぱよ！」

豊代ちゃんは明るく笑ってくれる。サツマイモの葉っぱって、食べられるんだ。

「おいしいかどうかは別にして、野菜なんてみんな漬けちゃえばそれなりに漬物になるのよ。このご時世、食べることができるだけで感謝よ」

確かに豊代ちゃんの言うとおり。食べられるだけで儲《もう》けものだ。

「ほら、話してないで手を動かしましょう～」

すみません、と小夏さんに謝って、大根を手に取る。それにしても立派な大根。

よく推しに貢ぐ人がいるけれど、それと同じなんだろうな。自分の生活を犠牲にしても推しの幸せのためなら、というのはすごくよくわかる。だからこそ、腐らせる前にこうやって食べ物を分けてくれた人に還元できればいいな。

豊代ちゃんが離れた場所で野菜を洗ってくれて、私が一心不乱に野菜や大根を切っていく。そのあと小夏さんが塩でもんで、お酢で浅漬けにしていく。

これは……、地味にきつい。

大根を切り始めて数本は楽勝だったけれど、徐々に腕が重くなる。大根を切るのは力がいることに、ようやく気づく。

「おい。どうだ。進んでいるか？」

そんな声に顔を上げると、千秋さんが勝手場の入り口に立っていた。

「おはようございます。はい、何とか」

正直腕も上がらなくなっていたけれど、笑顔で返す。

結局町の人には豊代ちゃんのおかげで春市さんとのことを弁解できたけれど、直接千秋さんには弁解できていない。

豊代ちゃんに言ったように、千秋さんのことが好きだから違うなんて、本人を目の前にして、絶対に打ち明けられるはずがない。

それ以上千秋さんと会話もなく、ひたすらに大根を切っていると、千秋さんは無言で水場のほうへ足を進める。するとそちらから豊代ちゃんの素っ頓狂な悲鳴のようなものが聞こえた。そういえば、豊代ちゃんは千秋さんとは面識はないのかな。

そんなことを考えながら少しだけ休憩していると、置いてあった包丁を誰かが摑む。

驚いて顔を向けると、すぐ後ろに千秋さんが立っていた。

「代わる。お前はしばらく休憩しろ」

「えっ、でも……！」

待ってください、と言おうとした時にはすでに千秋さんが大根の皮を剝《む》き、薄く、しかも速く切っていく。ごはんを一緒に作るようになって知ったけれど、相変わらず千秋さんは手際がいい。それにもしかして今、手を洗ってきてくれたのかな？

「千秋さんは何でもできますね」

感心していると、千秋さんは手を止めることなく口を開く。

「東京では一人暮らしをしているから身の回りのことは一とおり自分でできる」

「ええ……。大星の方がお世話してくれるんじゃ……」

よくわからないけれど付き人とかいて、その人が全部やってくれるイメージがある。

「撮影中は忙しいから頼る時もあるが、基本的に自分のことは自分でやりたい」

確かに千秋さんが家事で困っているなんて話は聞いたことがない。正直私のほうが常に困っていて、怒りながらもさりげなくいつもサポートしてくれる。

「あの、ありがとうございます。本当は手が疲れていて」

「初めからそう言え」

相変わらず、つんとしているけれど、やっぱり優しい人だ。春市さんは千秋さんに重い物を持たせるな、と言っていたけれど、大根を切るくらいならいいかな。怪我とは無縁そうなほど見事な手さばきだし……。

「それに手伝うと約束したからな」

「覚えていてくださったんですね。ありがとうございます……」

有言実行。そんな言葉が頭に浮かぶ。

「あの、できたらでいいんですが、おむすびをお客様に渡す時、千秋さんから渡してもらえませんか？」

「は？」

「きっとお客様はすごく喜びます。今では千秋さんがロビーにいてもそこまで騒がれることはないですが、みんな遠巻きに見ているだけです。もし同じ目線で話ができれば、もっと千秋さんと打ち解けられます。そうしたら周囲とも馴染みやすくなりますから、千秋さんの行動範囲が広がることに繋がると思うんです。もちろん多少は危険が伴いますから、千秋さんの気持ちを優先したいです。不本意なら諦めます」

そう言うと、千秋さんはすぐに口を開く。

「別に構わない。お前ばかり大変そうにしているほうが不本意だ」

「え？」

「俺もお前と同じく、今はここの従業員だ。大変だとしても自分ができることはやる」

「——ありがとうございます！　必ずこの上映会、成功させましょう！」

力強く頷く。絶対に成功させる。千秋さんを危険な目にも晒さない。

自分ができることを全力でやる。

現代で仕事をしている時、こんな風に思ったことはなかった。

自分の指先まで、活力がみなぎっている。

現代にいた時よりももっと強く、今この瞬間を生きていると実感していた。

「……驚いた。あんな美男子、心臓に悪いわ。雪が惹《ひ》かれるのもわかるし、春市様の親衛隊の子が寝返るのも無理はないわね。仕方がないから大目に見ようかしら」

豊代ちゃんは呆然としながら野菜を洗っている。私は千秋さんから他のことをやれと言われて、お米を洗いに豊代ちゃんの傍に来ていた。

「豊代ちゃんは今まで千秋さんと面識はなかったの？」

「あるわけないわ。あたしとは四つ離れているし、本当に幼い頃にもしかしたらすれ違ったり遊んだりしたかもしれないけれど、まったく覚えてないの。あの人が十歳の頃に東京に行ったきり、盆暮れ正月にも姿を見せないし、今回熱海に戻ってくるのも十五年ぶりなのよ。もちろん戻ってきてからは遠巻きに見ていたけれど、至近距離は駄目ね」

確かに自分が六歳くらいの時に遊んでいた子なんてほとんど覚えていない。

「でも随分雪のことを気にかけているのね。あなたの一方的な片想《かたおも》いだと勝手に思っていたけれど、そんなことないんじゃないの？」

「えっ!?　あ、ありえないよ！」

「そう？　わざわざあの大スターがこうやって手伝ってくれるなんて、案外脈がありそうだと思ったけれど」

絶対に違う。手伝ってくれるのは、さっき本人が言っていたとおり、千秋さんにとってこれも《仕事》だから。

それに以前、千秋さんがぼそりと呟いたあの言葉。

――お前を見ていると、昔の自分を思い出す。

恐らく、それがすべてなんだろう。昔の自分に似ているから、放っておけないっていうところかな。

冷静に分析をしてみるけれど、祝福すると言ったのを思い出して、胸がちくりと痛む。町の人の噂から私と春市さんは何もないと耳にしたのかもしれない。でも、やっぱりはっきりと私から誤解ですと言いたい。

「どう？　進んでいるかしら？」

急に小夏さんに声をかけられて飛び上がる。私たちは慌てて手を動かした。

「熱っ！」

思わずおむすびを放り投げそうになる。

「やだわ。これくらいどうってことないじゃないの」

涼しい顔で豊代ちゃんは熱々のごはんでおむすびを握っていく。

白米だけではなく、麦や雑穀が入っているおむすび。それでも足りない分はほくほくのサツマイモや他の野菜で嵩増《かさま》しした。現代で食べるような白米一色で大きなおむすびにはならなかったけれど、それでもアイデアで《おむすび風》になった。

それにしても豊代ちゃんは熱くないのかな。今まで料理をしなかったせいで、おむすびを握るのも久しぶりだ。手のひらがやけどしそうなほど熱いのに、みんなすごい。

一人ノルマ三十個。早く終わった人はプラスで十個。計百個おむすびを握る。そう決めたのに、私は一つ目で挫折しそうだった。

さっさと小夏さんと豊代ちゃんはおむすびを握り終え、少し離れた場所で竹の皮でおむすびとお漬物を包んでいる。竹の皮は豊代ちゃんが旅館から持ってきてくれた。

ああ、もうちょっと冷めてから握りたいなあ。

真っ赤になった手のひらを見ながら、ゆっくりだけどおむすびを握っていく。

あ、なんかこれ『かもめ食堂』みたい。

食事がアクセントになる映画はたくさんあって、もちろん人気もすごくある。『かもめ食堂』はミニシアター系の映画だったけれど、多くのお客様を動員したと聞いた。私もたまたま再上映された時に見た。

「楽しそうだな」

その声に顔を上げると、千秋さんが傍にいた。野菜を切ったあとに片付けまでやってくれて、本当にありがたかった。

「はい。以前観た映画を思い出して」

「どんな映画だ？」

千秋さんは私の隣に立ち、すぐにおむすびを握るのを手伝ってくれる。

「日本の映画なんですが、海外で食堂を開いた日本人の話です。文化も人種も違う中で、何がおいしいと感じるか試行錯誤するんです。そのくだりが面白くて……」

まるで今の私みたい。同じ日本人なのに、タイムスリップしたことで文化や生活の違いに戸惑っている。『かもめ食堂』の主人公と同じように、異邦人たちの中に交ざって何がおいしいと感じるか試行錯誤している。

『かもめ食堂』の中でも、おむすびが登場した。あの丸くてふんわりとしたおむすびがスクリーンに映し出された瞬間、お腹が鳴ったのを思い出す。

「聞いたことがない映画だな。だがそれは面白そうな映画だ」

「はい。映画の中でもおむすびを作るんです。やっぱりおむすびは最強です！」

思わず笑った私に、千秋さんもつられたのか笑顔を返してくれる。

こうやって、交流していくんだ。文化も時代も違う世界で、笑顔とおいしいもので関係が深まっていく。

いつの時代も変わらない普遍的なものを感じたら、ここでもやっていけるのかもしれないと、大きな自信になっていた。

「はい！　慌てなくて大丈夫ですよ！　ゆっくり進んでくださいねーっ！」

映画館のロビーはかつてないほど熱狂していた。これは六等星シネマで今をときめく俳優を舞台挨拶で呼んだ時よりもお客様の気迫がすごい。

「いつも応援しています！」

「恭介様！　愛してます〜！」

映画が終わったあと、約束どおり、千秋さんがおむすびを配ってくれた。

お客様との間に机があるから無暗に近づけないけれど、それでも十分近い距離に、失神者が出てしまうのではないかと心配になるほどロビーは興奮の最中にいた。

「ありがとう。いつも応援してくれて感謝しています」

千秋さんは非常に紳士的に、対応してくれている。

結局ごはんつき上映会はすぐに満席になって、きっかり百名のお客様でロビーはごった返している。食べる場所がすぐに埋まってしまって、持って帰るお客様が出てしまったことだけ悔やまれるけれど。

「映画もごはんもよかったよ！　ありがとな！」

「おむすびおいしかったです。こんな状況の中で、久しぶりに楽しいと思いました」

みんな、感想を口々に伝えて帰っていく。

「小さなおむすびですみません。でも満足していただけたならよかったです」

「小さくないですよ！　サツマイモが入っていておいしかったです」

私が知っている現代のおむすびよりも断然小さいおむすび。

それでも喜んでくれてよかった。お客様の満面の笑みを見て、満足感が胸を占める。

「恭介くん、映画、とてもよかったよ」

「ありがとうございます。気をつけてお帰りください。またお待ちしています」

帰るお客様にも千秋さんは笑顔で手を振っている。今のところ、千秋さんが危険に晒されることもなく、ほっと胸を撫で下ろす。

「おい！　おむすびうまかったぜ！　来てよかった！　もしや千秋も手伝ったのか？」

突然響いた朗らかな声に目を向けると、塚本さんが嬉しそうに千秋さんの肩を抱く。

「一応な。塚本も手伝うかと思っていたが」

「無理無理！　オレ、包丁も握ったことねえもん。他のことなら喜んで手伝うけどな」

明るく笑い飛ばす塚本さんの声を聞いていたら、自然と頬が緩む。

「そういえば、町のやつらが言ってたけど、雪と春市とのこと誤解だったんだろ？　雪は否定していたのに、茶化して悪かったな！」

つ、塚本さん……！　思わず塚本さんに全力で頭を下げたくなる。

多分、塚本さんは私が千秋さんのことが好きだと気づいている。千秋さんにはなかなか弁解できずにいたけど、千秋さんの前でわざわざそう言ってくれたことに感謝したい。

「そうです、誤解ですよ！　あの、気にかけてくださってありがとうございます」

「そりゃあ気になるさ！　言っただろ？　いつでもオレのところに嫁に来いって！　雪なら大歓迎だ。このままオレの故郷まで一緒に行こうぜ！」

塚本さんは私の手を取ろうとしたけれど、すぐに千秋さんに制される。

「くだらないことを言ってないで早く帰れ。俺たちはまだ仕事中だ」

眉を顰めた千秋さんに、塚本さんは「そうだよな！　悪かった！」とあっさり告げて手を振って離れていく。

そのあと、微妙な沈黙が私と千秋さんの間を満たして居たたまれない気持ちになる。

塚本さんには感謝したいけれど、完全に後半は蛇足だよ。ああもう、どうしよう。

そんなことを考えていると、小夏さんと豊代ちゃんが私たちを見つけて歩み寄る。

「こんなに盛況でよかったわあ。準備は大変だったけれど、すごく爽快な気分よ」

「小夏さん、本当にありがとうございました」

「やってよかったわ。楽しかったし。また差し入れが溜まったらやりましょう」

豊代ちゃんも満足げに次回の話をしてくれる。

「成功したのは豊代ちゃんやみんなのおかげだよ。ありがとう。またやろうね」

深々と頭を下げる。すごく大変だったけれど、こうやってさらにみんなと打ち解けることができたし、町の人と交流できたことは本当によかった。

二人も手を振って帰っていく。残っているお客様はあと少し。あとは私一人で見ていればいいから、千秋さんにも下がってもらおう。

「千秋さん。疲れましたよね。ありがとうございました。先に戻ってください」

声をかけると、千秋さんは首を横に振る。

「あと少しだ。最後の客が帰るまで見送る」

「でも……」

「俺の映画を見に来てくれた人たちだ。本当はいつもこうやって最後の一人まで丁寧に見送りたいと思っていた」

その言葉に、「わかりました」と頷く。無理をさせるなと言われているけれど、千秋さんが望んでいるのなら拒否する理由もない。

おむすびを食べて、映画について談笑しているお客様を千秋さんと二人、遠くから眺める。空間全体が幸福感に包まれて浮遊しているみたい。

千秋さんも、穏やかに微笑んでいる。それを見たら、今ならしっかり弁解できるかもしれないと意を決して口を開く。

「あの……、さっき塚本さんが言っていたとおり、春市さんと私のこと、誤解ですから。

ついでに言うと塚本さんは面白がっているだけです」

千秋さんの顔を見れずに俯いたまま呟く。

「別に俺には関係のないことだ」

想像どおりの答えに、落胆しそうになる。

「わかっています。千秋さんには本当に関係ないですよね。それでも否定したいのは私の自己満足です」

千秋さんのことが好きだから弁解したい。そう言えなくて、唇を引き結ぶ。

「……俺には関係のないことだが、お前がそう言うなら俺は信じる」

「え――」

顔を上げると、千秋さんは眉を顰めている。

「結局豊代に助けてもらったようだが、困っているなら早く俺に相談しろ。大丈夫だと言って誤魔化すな」

確かに千秋さんに違うと弁解した時に、千秋さんは、大丈夫か？　もし困っているなら言えと言ってくれた。それなのに私は大丈夫だと言って、頼ることはしなかった。

「す、すみません。私、誰かに頼るのが苦手で、助けてほしいとは言えませんでした」

千秋さんは呆れたように溜息を吐く。

「もしもあの時、困っているから助けてくれと言ってくれたら、どうとでもできたのに。

お前は尋ねても何も言わないから、俺も何もできない」

「え？」

「――春市のではなく、俺のだ、くらいは町の人たちに言ってやった」

千秋さんは私に向かって無邪気に笑う。

あまりの衝撃に、声も出ない。

俺のだ、なんて、駄目だよ。あなたは大スターなのにスキャンダルになる。

もしかして、私が思っているよりはずっと、千秋さんは私を気にかけてくれている？

そういうことがよくわかって、胸がぎゅうっと締めつけられる。

今のは冗談だと思うけど、千秋さんはきっと一緒に解決策を探してくれただろう。

今まで誰かに頼るということがなかったから、考えたこともなかったけれど……。

「……これからはすぐに相談します」

「そうしろ。――おい、最後の客が帰るぞ」

歩き出した千秋さんを追って、駆け出す。

このままこの人の背を追っていけたら……。そんなことを考えたら、さらに心が浮遊していった。

第四章　爆弾

「──あそこの角の家の息子さんに、赤紙が来たって」

そんな言葉が耳に届く。ちらりと目を向けると、女性たちが映画館の門のところに集まっていた。掃除をしていると彼女たちの話が嫌でも耳に入る。

「最近立て続けに男の人たちが徴兵されていくわね……」

「うちの娘も沼津の工場で学徒動員されていて……」

見上げた空は、青い。嘘みたいに晴れ渡っている。

それなのに、空気は重く淀んでいるよう。

「──オレも実家に戻ったら、ぼちぼち赤紙が届いてるんだろうなあ」

そんな声が背後から響いて、体が跳ね上がる。慌てて振り返ると、塚本さんが立っていた。私に向かってにかっと歯を見せて笑う。

「お、驚きました。気配がないから……！」

「違うな。雪が考えごとをしてたせいだろ。大方千秋が徴兵されたらどうしよう～とかじゃねえの？」

図星で何も言えなくなる。唇を引き結んだ私に、塚本さんは明るく笑う。

「ほらな！　だが心配しなくても千秋は徴兵なんてされねえよ。銀幕の大スターだぜ？　千秋が所属している大星映画社と同じくらい規模がでかい映画会社は大映《だいえい》だけど、大映所属の阪東妻三郎《ばんどうつまさぶろう》や嵐寛壽郎《あらしかんじゅうろう》とか、片岡千恵蔵《かたおかちえぞう》や市川右太衛門《いちかわうたえもん》だって徴兵されてねえだろ。国の宝が兵隊にとられるわけねえよ」

そうかもしれないけれど、彼らは千秋さんよりも年上の大映の四大スターだ。千秋さんは兵士として適齢期に当たるのだから、もしかしたらという不安が消えずにいる。

「まあ、俳優たちは戦場で鉄砲持って戦うってよりも、戦意を上げるような映画に出て、国民を鼓舞するっていう重要な役割があるからな」

戦意高揚映画。いわゆるプロパガンダ映画。『天を駆ける』もそう。るいちゃんのお兄さんの満さんのように、あの映画を観て、それを支えに出征していく人も多くいる。

現代で徴兵制がある国の、売れっ子俳優やアイドルが徴兵されて、国の広告塔として働くのと同じような形に当たるのかもしれない。

以前、千秋さんは『天を駆ける』を《あんな映画》だと言ったのを思い出す。プロパガンダ映画に出演することを、本当は不本意に思っているのが伝わってきた。

「……あの、塚本さんは映画監督志望なんですよね？」

「ああ、そうだよ！　オレは監督になりてえんだ」

「それって、どうしてか聞いてもいいですか？」

塚本さんは声真似の才能がある。喋りも上手で活弁士としても人気が高いと思う。

「そりゃああれだよ。つまらねえ映画が多いから、自分で撮ったほうが早いだろ？」

あっけらかんとそう言った塚本さんに、すがすがしい気持ちになる。思わず笑うと、塚本さんは周囲を見回して、傍に誰もいないことを確かめたあとに言った。

「戦意高揚映画よりも、オレはもっと自由で楽しい、みんなが笑顔になるような映画が撮りたいんだ。でも今はそういうのは駄目なんだ。映画に詳しい雪なら知ってると思うが、映画を作るには検閲があるんだよ。戦意高揚映画じゃないと国が許さない。そうなると映画すら撮れない。自由に表現できない。そんなんばかばかしいよな」

ばかばかしい。そう言ってのける塚本さんに大きく頷く。

全員が、戦争に対して肯定的な意見ではないのはすでに知っている。もちろん戦争が正しいと考えている人もいる。でも塚本さんや千秋さんのような表現を生業《なりわい》にする人は、戦争のせいで自分の望まない形を強いられていることを不満に思っても仕方ないと思う。

もちろん、現代でも映画の中に様々な配慮は存在したけれど、映画に対してこんなにも不自由を感じることはなかった。

「私、塚本さんが撮った、みんなが笑顔になるような映画が観たいです」

「そうだよな！　一応さ、以前撮ろうとした時に一とおり揃えてあるんだよ。もちろん今は手に入りにくいフィルムもあるぜ。あとは千秋なんだよ。あいつが出るって言ってくれたら、映画の中身が散々でも動員は期待できるからさあ」

千秋さんが出演する次の映画。それを聞いて、ぐっと拳を握りしめる。

「……出てもらえるといいですね」

「なあ、雪から説得してもらえねえか？」

「ええ？　無理ですよ。三峰恭介はどんな大監督からの依頼でも映画の内容がよくないと断るって有名じゃないですか」

「確かになあ。あー、まだ台本も決まってねえし、オレにも時間がねえし、どうしようかなあ。熱海が楽しくて、映画を撮るっていう本来の目的を忘れてたなあ」

頭を抱えた塚本さんを見ていると、何とかならないかなと思う。

「以前、千秋さんが出演すると嘘を吐いて資金を集めようとしていたって聞きましたが、その時も映画の内容はまったく決まっていなかったんですか？」

「そうなんだよ。とりあえず金だけ集めたあとに、どれだけの規模のものが撮れるか予想がついてから台本書こうと思っててさ」

三峰恭介の名前だけで何とかなると思ったのかな。実際何とかなりそうだけど。

「映画を撮るには確かに資金が必要でしょうが、低予算で作られた映画は山のようにありますよ。逆にその手作り感がいいというような作品もたくさんあります。でもどうしても台本や設定に映画の出来不出来は影響されるでしょうし、もし千秋さんに出演してもらいたいなら、まずはどんなものを撮るかくらいは決めてから説得しないと」

「そうだよなあ。あいつを納得させるようなものを提案するしかないか」

「おい、無駄話をしてないで仕事しろ」

そんな声が響いて塚本さんと二人、飛び上がる。映画館の正面玄関のところで、千秋さんが眉を顰めて仁王立ちしていた。

「無駄話じゃねえよ。難攻不落の王様がどうやったらオレの映画に出てくれるのか、雪に相談していたんだよ」

「……それで答えは出たのか」

「土下座。あとは土下座。そんでもって土下座くらいしかねえな」

指を折って数えていたけれど、結局土下座しか出てこない。千秋さんを納得させるようなものを提案するという話は消えてしまったのか。

「あとは泣き落とし！　千秋、後生だからオレの映画に出てくれ！」

「絶対に嫌だ。お前の映画には出ない」

「そんなこと言うなよお～！　千秋～！」

千秋さんに拒絶される塚本さんを見ていたら自然と頬が緩む。

でも、何となく胸に隙間風が吹いたように切なくなる。

じゃれ合う二人をどこか遠い場所からぼんやりと眺めているような気分になっていると、「あら、雪」という声で我に返る。

「豊代ちゃん！」

「何をしているのこんなところで。あら、あなたは……」

「塚本順次郎だ。よろしくな！」

豊代ちゃんと塚本さんが会うのは、るいちゃんのことで立ち話をした以来かな。

「そう。あなたが。春市様からお聞きして、よく知っているわ。最近映画館に入り浸ってるでしょう。春市様に迷惑だけはかけないでね」

その言葉に、塚本さんは痛いところを突かれたという顔で苦笑いする。

「豊代ちゃんは映画を見に来たの？」

「たまたま通りかかって中を覗いたら、珍しくあなたたちが玄関先にいるのが見えて声をかけただけよ。今日は帰るわ。ねえ、喜美《きみ》」

「え？《喜美》って？」

豊代ちゃんの後ろで、小柄な女性が顔を赤らめて佇んでいた。

遠慮してなのか、率先して話の輪に入ってこなかったから、豊代ちゃんの知りあいだとは思わなかった。

「あたしのいとこの喜美よ。今沼津の工場に学徒動員で行っているんだけど、休暇で少しの間実家に戻ってきているの」

「こ、こんにちは……」

互いに自己紹介をする。学徒動員と言っていたけれど、確かに喜美さんは高校生くらいの年頃で困り眉とそばかすがかわいい女性だった。

「ちょうどいいわ。ねえ、喜美。あの手紙、みんなに見せてごらんなさいよ。特に同じ男性の千秋さんと塚本さんの意見を伺いたいわね」

「ええっ、そ、そんな……」

喜美さんは顔を真っ赤にして俯く。

「お！　手紙？　これは大方誰かと文通でもしていて、喜美ちゃんに脈があるかどうか知りたいってとこだな？　オレは口が堅い男だ。どれ見せてみろ！」

口が堅い男というフレーズが明らかに嘘だとわかったけれど、突っ込む間もなく喜美さんは恥ずかしそうに「お願いします……」と手紙を差し出す。

ええ？　大丈夫かな？

「ちょっと待て。そんな個人的な手紙を俺たちに見せて大丈夫なのか？」

千秋さんも同じように思ったのか、心配そうな顔をした。

「大丈夫よ。どうせ喜美の手紙だって艦艇の中で回し読みされてるわよ。あの中はそれくらいしか娯楽がないんだから。ほら雪も千秋さんも読んで意見を聞かせて」

そういうもの？　と思いながらも、艦艇と言ったのが気になる。

心の中でごめんなさいと謝りながら、千秋さんと一緒に塚本さんが持っている手紙を覗き込む。

手紙には、今どこの島の近くにいるだとか、朝や夕方の海の美しい色のこと、補給で降りた国が、見たこともない極彩色の美しい場所だったことが書かれていた。

「じ、実は学校の授業で慰問の手紙を書いたんです。そうしたらこの方から返事がきて……。それ以来何度か文通しているんです」

「ええっと、会ったことがない人だよね？　しかも艦艇って、戦場にいる兵隊さんだよね？　そんなことあるの？」

思わず尋ねると、豊代ちゃんが「あるのよ」と言う。

「もちろん顔も知らないわね。授業で慰問の手紙を見知らぬ兵士に書く時間があって、それを受け取った知らない方から返事が来ることもあったの。そこから喜美みたいに個人的なやりとりになることもあるわ」

顔も知らない人……。

現代ならみんなスマホを持っていて、簡単に電話やメッセージが送れる。望めばお互いの写真だって送れるし、気持ちを伝え合える。でもこの時代はそんなものはない。

手紙だけが、遠方にいる人と心を通わせる手段。

ごく普通の近況報告が続いたあとの、最後の一文。

――いつかこの景色を、喜美さんと見たいです。

ハッとして、顔を上げる。すると千秋さんと塚本さんも私と同じタイミングで顔を上げた。三人で見つめ合う。恐らく私たちの目は輝いていただろう。

「これは……間違いなく喜美ちゃんのことを……」

塚本さんが神妙に呟く。

うんうん、と塚本さんと顔を寄せ合って何度も力強く頷く。

どうしようドキドキしてきた。何と言うか、すごくいい。直接的な表現ではないけれど、甘酸っぱさが胸を満たす。これは明らかにラブレターだ。

「『好き――！』」

声を重ね合わせた私と塚本さんを横目に、千秋さんは淡々と言った。

「――そうだな。どうやら相手は好意を抱いていそうだ」

「やっぱりそうだよなーっ！　オレもそう思ったぜ！　喜美ちゃん、よかったなあ！」

「ほらやっぱり。あたしの言ったとおりでしょ？　男性の目からもそう見えるのなら、彼は喜美に好意を持っているのよ」

「そうですかね……、え、どうしよう……！」

きゃああと、一気に盛り上がる。私たちが興奮しているのとは対照的に、千秋さんは冷静に手紙の最後に書かれた名前に目を留める。

「……これは、俳優の颯田《さった》くんだな」

「え？　颯田？」

千秋さんの持った手紙を覗き込むと、どこかの艦隊に所属していることと、その名前が目に入って、気づけば口に出していた。

「颯田……、斗真《とうま》」

「確か以前共演した気がする。あまりいない苗字だから覚えていたが、あれは何の映画だったかな……。塚本、覚えていないか？」

「そう言われると、颯田って確かに聞いたことがあるような……。誰だ？」

うーんと頭を抱えた塚本さんと千秋さんの横で、彼の名前を見ながら頭をフル回転させる。え、ちょっと待って。颯田って、あの颯田斗真？

「『或《あ》る男』ですよ！　千秋さんが——三峰恭介が主役で、颯田斗真が相手の組織の末端の役で……」

裏社会の抗争を描いた映画で、影を抱えた主人公を千秋さんが演じてめちゃくちゃかっこよかった。トレンチコート姿が堪らなかったんだよね……！

「おー！　『或る男』か！　確かにそんなヤツいたな！　雪はすげえな！」

「雪は記憶がなくてもこの人の映画の内容、全部覚えているの？　気持ち悪いわね」

豊代ちゃんにばっさりと断言されて、思わずよろける。

確かにと、気づけば全員訝し気な目で私を見ている中、千秋さんだけは笑っていた。

「雪は俺よりも詳しいな」

「た、たまたまです……」

確かに周囲をドン引きさせるほど、私は三峰恭介の映画を熟知している。それは現代でもそうだったし、否定はしない。

「でもそうだな。『或る男』だ。颯田くんは努力を惜しまない、いい役者だ。今後が楽しみだと思っていたが『或る男』から見かけなかったな……。そうか戦場にいるのか」

それを颯田斗真が聞いたら、号泣すると思う。

颯田斗真は戦後にその演技力で大物役者として芸能界に君臨する。

三峰恭介と颯田斗真が共演したのは戦前に撮られた『或る男』だけで、まだ駆け出しの役者だった颯田斗真は、三峰恭介の演技力に圧倒されて、一旦芸能界を去っている。

でも戦後に、三峰恭介に憧れた身として、彼の意志を受け継ぐべく、もう一度芸能界に復帰。終生、尊敬する俳優に三峰恭介の名を挙げていた人だった。

そういう経緯で、三峰恭介ファンの私は、颯田斗真のことをよく知っている。

ぎゅっと、拳を強く握る。切なさを掻き消すように明るい声を上げる。

「颯田斗真はすごくかっこいい俳優さんですよ！　男らしくて爽やかで！」

「えっ、そうなんですか？」

「あら。それは観たいわね。映画館でかかる予定はないの？」

「『或る男』は五年ほど前の映画だからな。当面はないな」

千秋さんの言うとおり、しばらくはかからないだろう。

「……いつか平和になって颯田様が船を下りられた時にお会いできたらいいです。楽しみはとっておきますね」

喜美ちゃんは、ふふっとはにかむように笑った。世界は暗い。でも、そんな中でも、この手紙のようにあたたかくつながっていくものもある。

――楽しいな。

戦争中でも、人々は《日常》を送っている。

毎日爆撃されるわけでも、命を狙われ続けるわけでもない。でも戦争という暴力と隣り合わせの中で、必死にごく当たり前の生活を送っている。

もちろん現代と何も変わりない日もある。熱海はむしろそういう日のほうが多い。

でもそれは《今》であって、終わりは唐突にやってくるのかもしれない。

絶望と隣り合わせでも、笑って過ごせる刹那の日常を大事にしたいと思っていた。


「それにしてもお前は、よく颯田のことを覚えていたな。端役だったのに」

上映が終わったあとに映写室で片付けをしていると、千秋さんが呟いた。

「え……、えっと。颯田さんは映画の中で印象深い役だったので」

「確かにそうだな。端役ではあったが、重要な役だった」

そう言うと千秋さんは黙る。でも沈黙が重いわけではない。むしろ心地いい。

お互いの存在が、静かに空気に溶けて染み渡るみたい。

「……いつか喜美と颯田が会えるといい」

ぼそりと呟いた言葉に、頷く。

「はい。きっと、大丈夫です」

颯田さんは生きて戻ってくる。そういう未来を私は知っている。

でもそうしたら千秋さんは？　私が知っているとおりにこのあと世界が展開していくのなら、この人は――。

「もし……、戻れなくても役者は幸福だ」

「え？」

「フィルムに映像が残っている」

自分が消えても、映画の中で息をしている。

千秋さんはリールにかかった、飴色《あめいろ》のフィルムを愛おしそうに眺めている。

「はい……。そうですね。本当に幸せです」

幼い頃の自分を思い出す。すでにいないあなたに、スクリーンの中で私は出会えた。

「私たちも、この先何年経っても、百年経っても千年経っても、三峰恭介に会えます」

客席と、スクリーンと、隔たれた世界で。

触れることもできない世界で、それでも、あなたに会える――。

「……それは……、この上ない幸福だな」

千秋さんは微笑んでいた。優しく、でもどこか寂し気に。

映画の中では決して見ることができない、生きている彼。

「あの……塚本さんの映画に出ませんか？」

そう尋ねると、千秋さんは疲れたように首を横に振る。

「出ない」

「どうしてですか？」

「あのな、俺は大星所属の俳優だ。大星の許可がなければ――」

「許可があれば出てくれますか？」

「俺の意思に関係なく、許可は下りない。塚本が撮りたいと言っているのは、プロパガンダ映画じゃなく、平和な時代に撮るものだ。そんなものを今撮るなんて許されない」

塚本さんが検閲がどうこうと言っていたのを思い出す。

「そんなもの全部無視して撮りませんか？」

そう言った私に、千秋さんは驚いたように目を見張る。

「……どうした。やけに強情だな。塚本に頼まれたか、ほだされたか」

「違いますよ。さっき言ったじゃないですか。私たちはフィルムの中で千年経っても三峰恭介に会えるって。だからもしもその機会がこんな時代の中でも存在するなら、一つでも多くの作品に出演してもらいたいんです」

千秋さんは黙って私を見つめている。

「戦争中だというのはわかります。でもいつかは必ず戦争は終わります。その時に一番初めに千秋さんと塚本さんの映画を上映できたら——、きっと人々は本当に平和になったんだって、実感すると思います」

やっぱり難しいかもしれない、と思うくらい、千秋さんは無言のままだ。

でも引きたくない。

「私自身、もっと多くの三峰恭介の作品を観たいんです。この上ない幸福だと言うのなら、出演してほしいです。——私、三峰恭介の大ファンですから！」

勢いのままにそう言ったら、千秋さんは急に笑顔になった。

え——。

「お前はようやく俺のファンだと認めたか。しかも大ファンか」

「えっ……！　ええっと……そうですね。ま、まだ記憶が曖昧ですが……」

猛烈に恥ずかしくなって俯く。考えもなく言ってしまって後悔する。どうしよう。また警戒されて距離を取られたら困る。

ちらりと千秋さんを見て、目を瞬く。消えるかと思った。でも消えてくれない。

どうしてそんなに嬉しそうに笑っているのかわからずに戸惑う。

「……確かにお前が言うとおり、こんな状況なのに映画を撮れるかもしれないという機会もそうないだろう。だが不安がある」

不安？　そう言われて、千秋さんが胸を押さえて苦しそうにしていたのを思い出す。

あのあと、特にそんな素振りはなかったけれど、もしかして……。

「俺以外に誰が出演するんだ？　他の俳優たちもそれぞれみんな、東京から疎開したと聞いた。行き先はバラバラだ。まさか俺の一人芝居になるのか？」

違った。千秋さんの不安が別のところにあると知って、ほっとする。

「塚本さんは特に千秋さん以外の俳優のことは言っていませんでしたが、何とかなりますよ。町の人たちに手伝ってもらったら――」

「雪が出るというのなら、俺も出てもいい」

突然投げ込まれたその言葉に思考が停止する。

え？　私が出るなら千秋さんも出てくれる？

え――、私が映画に？

「絶対無理です！　私、映画は観る専門で演じたことなんて一度も――」

「気軽に出ろと言われても、俺だって困る。言うだけ言って何もしないのはずるいな。だからお前も苦労してみろ」

「ええ!?　私は役者じゃないですから！　絶対無理！」

「それならそれでいい。雪が出ないなら俺も出ない」

千秋さんは有無を言わさない笑顔を私に向けて、ぐうの音も出なくなる。

私が映画に出るなんて、そんなの考えたこともなかった。

演技をするなんて絶対に無理だと思うけれど、私には引けない理由がある。

私は三峰恭介の大ファンだ。だから、この人の最期ももちろん知っている。

戦時中に爆撃に巻き込まれて死ぬ。


――三峰恭介の遺作は『天を駆ける』だ。


だから私は、プロパガンダ映画ではあったけれど、彼の遺作でもある『天を駆ける』をこよなく愛している。

だって、三峰恭介が出演するこの先の映画は存在しないから。

でももし、『次の作品』を撮ることができたら何かが変わる。『天を駆ける』が終わりではなくなる。

好きだから、生きていてほしい。もっといろんな映画に出てほしい。

千秋さんの運命を変える。それが私がここにタイムスリップした理由だとしたら、私にできることがあるのなら諦めたくない。

私が映画に出るなんて無理だろう、と言いたげな千秋さんに向き直る。

「……わかりました。私、映画に出ます。だから千秋さんもこの話を受けてください」

千秋さんはどんな役かは指定しなかった。塚本さんに頼んで、ワンシーンで終わるような端役にしてもらおう。

私が引き受けたことを意外だと思ったのか、千秋さんはしばらく黙った。

「……わかった。俺に二言はない。どんな役でも演じてやる」

自信満々の力強い言葉を聞いたら、運命は変わり始めていると確信していた。


「おーっ！　本当に⁉　本当に出てくれるのか？　千秋！」

翌日、映画館に来た塚本さんを捕まえて、出演することを話すと、塚本さんは飛び上がって千秋さんに抱きついていた。

「まあ仕方ない。雪と約束したからな。ただ大星の社長に以前の件の謝罪だけはしておけ。出演する件は俺から話しておく」

「もちろん今すぐにでも電話して、そのあとに手紙で長い謝罪文を送る！　東京でも会う！　ありがとう千秋！　これでオレの監督第一作は大成功が約束されたぜ！」

「本当に撮れるのか？　台本は、役者は、撮影隊は？」

「台本はこれから書く！　撮影隊は東京の撮影所が閉鎖されて暇しているヤツらを知っ

ているし、三峰恭介の映画だって言えば何を差し置いてもすぐに飛んでくる。役者はオレが顔を出さなければ声真似で十人ぐらいいけるだろ。あとは――」

「雪が出る」

千秋さんが傍に立っていた私に目を向ける。思わず、うっと顔を顰めた。

「はい、出演させてください！　でも、本当にワンシーンだけの端役でいいですから」

「お前、昨日と言っていることが――」

「昨日千秋さんは私がどんな役で出るかまでは指定しませんでしたから」

言い返すと、千秋さんは眉一つ震わせず、淡々と塚本さんに向き直る。

「おい、塚本。雪には俺と同じくらいの出番を用意しろ。そうじゃないと俺は出ない」

「ちょっと千秋さん!?」

「わかった。オレは千秋が絶対だ。だから千秋の希望を拒否できない。雪、諦めろ！」

そんな……！　でも、映画に出るのと千秋さんの運命を天秤《てんびん》にかけると……。

「同じくらいは……無理です。せめて三分の一以下にしてください……」

うう、と顔を顰めたまま訴えると、千秋さんは仕方がないと受け入れてくれる。

「ははっ、でもまあこういうのもいいかもな。豊代や春市、小夏さんとか、町の人たちに手伝ってもらえれば、役者問題も解決するだろ」

確かに他にも未経験の人が出演してくれたら、個人的にはすごく気が楽。

「そうしろ。熱海は観光地だから撮りやすい場所も多くある。映画館も使え」

「決まりっ！　あとは台本だなあ。オレはやっぱり明るくて楽しい映画が観たい。その路線でいくがいいか？」

「喜劇を撮るのはお前の夢だからな。俺も本来ならそんな映画に出たい。だから塚本が撮りたいものを撮れ」

そんな映画に出たいと言った千秋さんは晴れやかだった。塚本さんは力強く頷く。

「雪もそれでいいか？」

千秋さんから尋ねられて頷く。

「私も、明るくて楽しい映画がいいです。ハッピーエンドで終わるようなそんな映画を見たいです」

「ハッピーエンド？」

千秋さんが首を傾げる。

「はい。幸せな結末を迎える映画、ということです」

塚本さんは、嬉しそうに「いいな、それ」と声を上げる。

「方向性は決まった。どんな物語にするかだけ、先にざっくりでいいから決めろ。それを元に台本を書けばいい」

「確かにそうだよな。でもオレ今まで台本を書いたことがなくて。指示はするから書いてくれる人いないかな？　雪でもいいぜ！」

そうは言っても、私はもうこりごりだし……と思った時にひらめく。

「そういえば、熱海の旅館に小説家たちが疎開していると聞きましたよ。豊代ちゃんは旅館の娘なので誰か紹介してもらえるかもしれないです」

小夏さんが以前そんなことを言っていたのを思い出して提案する。

「よかった！　早速豊代に紹介してもらうよ。これで台本問題も解決だな。そうなったら物語だけど、まだ何も思いつかねえ！　いい案があったら教えてくれ。雪は映画に詳しかったよな？　何かないか？」

何かないかと言われても……。でも確かに私はここよりも八十年近く未来の人間だから、その間に作られた映画の知識はある。

喜劇っていうことは、コメディ映画……、だよね？

「そうですね……、以前観た映画で面白かったのは、ゾンビ映画ですかね。登場人物がゾンビに襲われるんですが、話の構成が面白くて……。あとは古代のローマ人が時を超えて日本にやってきて、その生活様式の差に戸惑うこととか面白かったです」

『カメラを止めるな！』とか『テルマエ・ロマエ』のこととか、かいつまんで話していくと、塚本さんは途端に目を輝かせて呟く。

「時を超えてってのはピンとこないが、要はありえない場所から来るってことだろ？

それなら映画の中から主人公が出てくるって感じでもいいな！　あとはゾンビか……。

確か十年くらい前に日本で公開されたよな」

「『恐怖城』だな。人を襲う表現はなかったが……」

千秋さんの言うとおり、初期のゾンビは人を襲わない。一九六〇年代にロメロ監督の『ナイト・オブ・ザ・リビング・デッド』でゾンビは人を襲う。ゾンビの概念が成立した。これも数年前に六等星シネマでリマスター版を上映したな……。ゾンビものはファンがいるんだよね。

「オレは『恐怖城』を観てないからわからねえが、とにかく怪物ってことだろ？　それならオレが適任だ！　どんな声だって任せておけよ！」

確かにメイクやかぶり物で何パターンも怪物を作って声をそれぞれ変えれば、塚本さん一人でもなんとかなる。

思い切りB級映画に振り切ってしまうのもいいかもしれない。

現代で見ればチープなB級映画かもしれないけれど、この時代の人から見れば斬新かも。まだウルトラマンも存在しない時代だし……。

「ジョルジュ・メリエス監督は知っていますか？　あれくらいの大がかりな特撮のセットや編集は難しいかもしれませんが、要所にうまく入れ込めば怪物が出てきても不自然じゃない映画が撮れると思います」

特撮の父、映画の魔術師と呼ばれたメリエス。『月世界旅行《げっせかいりょこう》』は、多くの監督たちに影響を与えた傑作だ。ＣＧもないこの時代には参考になるかもしれない。

「……雪って、何者なんだ？　国内だけじゃなく海外の映画も詳しいよな」

塚本さんがぼそりと呟いた言葉にぎょっとする。飛び上がりそうなほど驚いたのを必死で何もないように取り繕う。

「な、何ででしょう……。ちょっと記憶が曖昧で」

苦笑いで誤魔化す。塚本さんにはともかく、千秋さんや春市さんにはいつかは私は未来から来たと打ち明けないといけないと思っているけれど、なかなかそのタイミングがない。今が馴染みすぎて、波風を立てて壊したくないというのもある。

「でもまあ、いろいろ手がかりになったな！　こんなのはどうだ？　映画の中から飛び出してきた主人公が、幽霊や怪物に襲われながらも、てんやわんやしながら世界を守り、道中であった美女と愛を育む恋愛喜劇！」

ざっくり且つ、壮大すぎて最早よくわからない。むしろ全部入れ込んだことに驚きを隠せない。何とかなる……かな？

「千秋が主人公で、道中で出会った美女が雪な！」

「えっ」

思わず戸惑いの声が落ちたけれど、その先が続かずに頭の中が真っ白になる。

千秋さんの、三峰恭介の相手役に……、私!?

「無理！　無理無理無理無理無理、絶対無理っ!!」

頭も手も横に勢いよく振る。

「よく考えろよ。千秋よりも三分の一の量の出番ってなったら、ロマンスの相手役くらいしかねえだろ」

それはそうだけど、あ、愛を育むって……。塚本さんは私が千秋さんをどう思っているか気づいている。だからなのかもしれないけれど、荷が重すぎるよ！

「絶対無理です！　私、映画は観るばかりで演技なんてやったことはないですし……。ましてや美女なんかじゃないし！　とにかく無理です」

どんなロマンスが映画の中にあるかわからないけれど、千秋さんを相手にロマンスだなんて、心臓がもたない。

「出番はあるけど、台詞は少ない役にしてやるから！　寡黙な姫様とかでいいだろ！」

「そうは言っても、私が相手役だなんて、千秋さんが嫌がりますよ！」

絶対に拒否されると思ってそう言ったけれど、千秋さんは淡々と口を開く。

「別に俺はお前が相手役で構わない」

「えっ……」

「引き受けると言ったのはお前だ。俺が嫌がるなどと言って、逃げの口実に使うな」

正論すぎて思わず唇を引き結ぶ。千秋さんはプロだ。演技をしやすいとかしにくいとかの相性はあるだろうけれど、相手が誰であってもどうでもいいのかもしれない。

私ばかりが意識している。

そういう事実に胸がちくちく痛む。そうだよね。私ばかりが過剰反応している。

「……わかりました。引き受けます」

頷いた時にはすでに酷く後悔していた。


「あら、面白そうなことをするのね。構わないわ、手伝ってあげる」

豊代ちゃんはそう言って、塚本さんに熱海に疎開中の作家さんを何人か紹介してくれた。しかもお父さんにかけ合ってくれて、実家で経営している旅館をロケに使わせてもらえることになった。

春市さんは初め遠慮すると言っていたけれど、乗り気な小夏さんや一虎くんに説得されて端役で出演してくれるそうだ。

セットを作るためにも、他にも様々な人が力を貸してくれると言ってくれた。

もちろん映画の内容が内容なだけに、憲兵に見つからないように今のところ極秘で進んでいる。

今は台本待ち。諸々《もろもろ》の準備のおかげで、実際に撮り始めるのは初夏くらいになると言っていた。あと、一か月半くらいかな。

塚本さんは一旦東京に戻って、大星の社長に直接謝りに行くのと、必要なスタッフに声をかけてくると言っていた。熱海から送り出すのは何となく不安だったけれど、すぐに戻るぜ！ と明るく出かけて行った。

「塚本さんはそろそろ帰ってきますかね？」

満天の星空の下、高台の広場でそれを見上げている千秋さんに話しかける。

最近は営業が終わったあとにこうやって千秋さんと交流している。眠れないというのが言い訳だったけれど、三月も十日を過ぎて、徐々に暖かくなってきたこともあり、何となく星を見て少し話してから寝るのが日課になっていた。

「そうだな。そろそろ戻ってくるだろう。今は鉄道が使えないから、あちこち寄り道しながら帰ってきているのかもな」

「鉄道が使えない？ ならどうやって……」

「徒歩に決まっているだろう。俺が東京から戻ってきた時もそうだ。鉄道は武器を運ぶから、敵機から見たら恰好《かっこう》の的《まと》だ」

決まったルートしか走れないなら、確かに爆撃しやすい。それにしても徒歩、か。箱根駅伝とか思い出すと何とかなるかもとは思うけれど、すごく大変そう。

「自分には無理だというような顔だな」

千秋さんが私の反応を見て、くすくす笑っていた。

「そうですね。そんな長い距離、今まで歩いたこともないですから」

「……お前は記憶が戻ったのか？」

その言葉に、さっと体から熱が消える。

「ええっと……」

「もしやお前は元々記憶なんて――」

「あーっ、よかった！」

千秋さんの声を掻き消すように、よく通る声が遠くから聞こえる。

深夜にこんな大声、一人しかいないと思って振り返ると同時に、倒れ込むように私と千秋さんに抱きついた。

その瞬間、土と血の匂いがした。

「おい、塚本！　……塚本？」

千秋さんの声が、怒ったような声から、一気に訝し気な声に変わる。

「つ、塚本さん!?」

ずるりと塚本さんの体から力が抜ける。

「千秋さん！　暗くて怪我をしているかわからないですが、塚本さんから血の臭《にお》いが」

「とりあえず母屋に運び込む！　雪は映画館から救急箱を持ってこい！」

「はい！」

千秋さんは塚本さんを担いでいく。私は慌てて映画館に駆け込んだ。

「確認したが、大きな怪我はなかった。擦り傷や切り傷はあるが……。服についていた血は、恐らく別の人間の血だ」

「そうでしたか……」

意識を失った塚本さんは母屋で眠っている。千秋さんと春市さんが服を脱がせて傷があるか確認してくれた。

「無事でよかったです。でも……」

一体塚本さんに何があったのか。

縁側で待っていた私の隣に、千秋さんが座る。

「わからん。だが空襲か何かに巻き込まれたとみるのが自然か」

空襲。ぎゅっと腿の上の拳を握りしめる。

「もしかしたら映画どころではないかもな。一体どこで爆撃に巻き込まれたのか……」

絶対に三峰恭介の次の映画を撮りたいのに——。

塚本さんが無事でよかったけれど、訪れていた東京がもしめちゃくちゃで、機材や資材を失ってしまっていたら、大きく計画が変わるかもしれない。

東京がめちゃくちゃ……？　まさか——。

「東京大空襲……」

呟いたあとに、ひゅっと喉が締まる。

しまった、と慌てて自分の口元を両手で押さえようとする。けれどその手を、大きな手が押しとどめるように強く掴む。

「……お前は何だ。《東京大空襲》とはどういうことだ。東京がどうなっているのか、何か知っているのか？」

「い、いいえ、何も――」

知らない。知識としては東京は非常に大きな規模の空襲を受けたことくらいは知っている。でも、それがいつなのか、どんな規模だったのか、まったく知らない。

東京大空襲を扱った映画も、広島や長崎に比べたら少ない。

だって、私は戦後八十年の人間。私と同年代の人だって、正確な日時を答えられる人は少ないだろう。それくらい戦争中のこの時代が、もうすでに遠い。

「お前は以前、メリエスの話をしていたが、どこで知った。あれは四十年ほど前の映画監督だぞ。なぜ知っている。一体作品をどこで見た。何なんだお前は何かおかしい」

不具合の積み重ねが、破綻を招く。

言い訳が思いつかない。

「まるで今起こっていることを、すべて見てきた人間のような……。どういうことだ、お前は何者だ」

「す、すみません……。何もわからなくて」

「わからないわけがないだろう！　誤魔化すな。話せ」

私が未来から来たと言ったら、気づかれてしまう。

こいつは自分がいつどんな風に死ぬかも知っている、と――。

正確に言えば、私は三峰恭介がどんな風に死ぬかは知っているけれど、いつどこで死ぬかは伝わっていないから知らない。

でも私が三峰恭介の次の映画に固執していることに気づいたら、千秋さんには『天を駆ける』が遺作になると、伝わってしまうかもしれない。

そうなったら、どう思う？　私なら絶望する。もし本当に戦争が八月に終わるのなら、あと五か月以内に自分が死ぬだなんて信じたくない。自暴自棄になって全部拒絶する。

だからそんなことを伝えるくらいなら、真実なんて言いたくない。

生きることを、演じることを、絶対に諦めてほしくないから。

「おい――！」

「どうした？　喧嘩なんてやめておけ。塚本の目が覚めたぞ」

春市さんが縁側にいた私たちに声をかける。千秋さんは私の手を摑んだまま立ち上がる。

「お前も来い。《東京大空襲》なのかどうなのか、塚本に聞けばわかる」

拒否することもできずに引きずられるように歩き出す。これからどうなるのかわからない。でも、千秋さんとの関係は以前のようには戻れないことだけはわかっていた。


「……いやあ、悪かったな。突然倒れたりして」

「構わない。血だらけだったから驚いたが何があった」

千秋さんは青い顔をしている塚本さんを覗き込む。私は千秋さんと対面するように座らされて俯いていた。

「三月十日の深夜に東京が大規模な空襲にあった。あれは駄目だ。——地獄だ」

その言葉に、千秋さんは目を閉じ、力なく息を吐く。

「一面火の海の中、東京を出るので精いっぱいだった。自分が生きるのに必死で誰も助けられなかった。いや、助けてくれって、すがり付いてくる何本もの血だらけの手を振り払って逃げてきた。——最悪だな、オレ」

血の臭いがしたのは、その時のもの。

何も言えない。この時代の人間じゃない私には、何も。

戦争の悲惨さだって、わかったふりをしていた。現実にはこうやってみんな傷ついている。死んだって生き残ったって、大きな傷を抱えている。

いつも塚本さんのその明るさに助けられてきた。それなのに、布団の上で握りしめられた彼の拳が震えている。

何も言えない。でも――。

「塚本さんが最悪なら、私も最悪です」

え？　と、塚本さんと千秋さんの目が私を捕らえる。

「塚本さんが生き残るために、誰かを犠牲にしたと言うのなら、私は塚本さんが生きていてくれて嬉しいと思っていますから、私も同罪ですね」

そんな状況下だったら、誰も助けられないのは仕方がないと思う。でも、きっと塚本さんは優しい人だから、仕方がないという言葉で片付けられずに苦しんでいる。

「自分の大事な友人が生きていてくれて嬉しい。素直にそう思うことは罪ですか？」

「雪……」

「そうだな。雪の言うとおりだ。塚本が、こうやって大きな怪我もなく無事に帰ってきてくれたことに俺は感謝している。誰かが助かるために誰かが死んでもいいなんて思ってはいないが、そんな状況下で生きようと努力した結果、誰も助けられなかったのなら、誰にも咎められるものではない。自分のことを最悪だなんて言うな」

「千秋……」

塚本さんは両手を伸ばして私たちを抱き寄せる。

「オレ、生きていてよかったよ……。必ず映画撮る！　助けられなかった人たちに顔向けできるように、全力でいい作品を作る！」

塚本さんは力強く宣言してくれた。この経験は塚本さんに影を落とすかもしれない。でも、きっと塚本さんなら必ず乗り越えていくと思えた。

しばらく塚本さんは静養することになり、四月に入ってから本格的に撮影に入ると聞いた。

あれからしばらく経って三月も終わりに差しかかっていた。千秋さんは私が何者なのかも尋ねてくることはない。ごく普通に日々を過ごしているけれど、私たちの間には、本人たちにしかわからない壁が確かに存在している。

塚本さんが経験したあの空襲のことは、熱海駅で売られていた新聞には簡単な被害状況だけ載っていた。東京大空襲の文字はざっと見たところなかったけれど、千秋さんにはその言葉がこれだったのだと伝わったと思う。

このまま撮影に入れるのかな。

千秋さんのロマンスの相手として、私は演技ができるだろうか。

千秋さんだって、疑いの目を向けている相手にそんな演技ができる？

そう思って開いた目を閉じる。千秋さんなら、気にもしないだろう。

仕事だと割り切って、完璧な演技を披露する。あの人は三峰恭介なのだから、公私混同なんてしない。仕事だと割り切れないのは、私のほうだ。

はあ、と大きな溜息を吐いて、寝床から這《は》い出《だ》して身支度をする。

三月も終わりになり、桜がちらほらと咲き始めていた。

もしも私が知っているとおりに歴史が進むとしたら、あと五か月ほどで終戦を迎えるはず。東京はあの大空襲で終わることはなく、さらに戦禍が激しくなっているらしい。終戦まで熱海が爆撃されることもなく、千秋さんが危険な場所に行くことにならなければ、運命が変わる。

私との関係がぎくしゃくしていても、疑われていても、千秋さんが運命から逃れられたらそれでいい。

今の私には、祈ることしかできないのが辛い。

「――おい。どこに行く」

早朝、陽が上りきらないうちに、映画館を出ようとしていた私に声がかかる。咎めるような声音に恐る恐る振り返ると、千秋さんが私を窺っていた。

まだ寝ていると思っていたのに……。

「ええっと……、朝の散歩がてら、神社に」

「なら俺も行こう」

一人で行きます、とは言えず、二人で湯煙が上がる熱海の町を歩き出す。もしかして、私が何かするか監視している？　誰かのスパイとか疑っていたらどうしよう。

一緒に行くだなんて、実は何か裏があるんじゃないかと思って、背筋が凍る。

「最近、熱心に神社に通っていると聞いた」

「ええと、はい……。よく知ってますね」

「常連客がお前を早朝に見かけたと言っていた。仕事があるからこの時間しか行く時がないのはわかるが、女一人で出かけるのは危ないからやめろ」

その言葉に、目を瞬く。もしかして、心配してついてきてくれているのかな？

そうだとしたら、何か裏があるかもと思った自分が恥ずかしい。

千秋さんは考えていることをあまり言葉にしないからよくわからない。でも、今はその言葉のままに受け止めたい。

「……わかりました。気をつけます。一緒に行ってくれて、ありがとうございます」

お礼を言ったけれど、千秋さんは答えない。私もそれ以上何かを言うわけでもなく、坂の上にある映画館からゆっくり下って歩いていく。

早朝の熱海は静かだった。時折鳥が鳴き、湯煙が薄い青水色に染まって霧のように揺れながら徐々に夜が明けていく。以前だったらもっといろいろ話していたけれど、今はお互いに無言のまま坂の上からその光景を見下ろしながら歩いていく。

「綺麗……」

思わず零れた言葉に、千秋さんは「そうだな」と頷いてくれる。それだけで心が浮遊するのに、この胸を焼くような切なさに苦しくなる。

あんなにも近くにいたのに、今はもう遠い。

それもこれも、真実を打ち明けられない自分のせいだ。

三十分ほど歩くと、來宮《きのみや》神社に辿りついた。二人で本殿の前で手を打ち鳴らす。

――無事に塚本さんの映画を撮り終えて、千秋さんの運命が変わりますように。

塚本さんが戻ってきてから、戦況が目に見えて悪くなっていくのを感じて、いてもたってもいられず、安易だけど願掛けにここに通っていた。

「……久しぶりに來宮神社に来たな」

千秋さんは巨木を見上げながら呟く。もちろんこの木は現代にもある。大変な巨木で、全国各地から人々が訪れる熱海の観光名所だ。

「熱心に拝んでいたな。何を願った」

「え……、映画が無事に撮り終えられますように、と。私の目下の心配事ですから」

そう言うと、千秋さんは苦笑する。

「何とかなる」

「何とかなればいいんですが……」

さわさわと風に吹かれて、木の葉が揺れている。そのまま無言になった。

朝日を受けてきらきらと輝く緑の葉を千秋さんの隣で見上げていると、青い空を飛行機が一機飛んでいく。

遅れて低いプロペラ音が追いかけるように耳に届く。

そしてさも当たり前のように、飛行機から何かが産み落とされ、ゆっくりと音もなく黒いものが落ちていく。

それをぼんやり見ていた。初めて見たから何かわからなかった。

でもあれは……。

——爆弾。

ぞわっと身の毛がよだつ。その不快感を感じた瞬間、反射的に駆け出していた。

「雪——？」

千秋さんに抱きついて勢いのまま押し倒すと、巨木の根の間に私たちは倒れ込む。

その瞬間、どどーん、と聞いたこともないような巨大な爆発音が鳴り響いた。

地面が大きく揺れ、衝撃波が私の髪を、着ていたもんぺを揺らす。

そのあとに待っていたのは、恐ろしいくらいの静寂。

何もかも吹き飛ばされて消滅してしまったかのような世界に、思考が働かない。

「——い！　おい、大丈夫か!?　雪っ！」

耳元で弾けたその声で我に返る。気づけば私は千秋さんの首元に腕を回して抱えるように倒れ込んでいた。背を叩かれて慌てて力を緩める。

「俺を絞め殺す気か」

「す、すみません……」

いつもどおり悪態を吐く千秋さんを見て、力が抜ける。

よかった。千秋さんは無事だった。

千秋さんの髪の先から足の先まで眺めて、何も怪我がないことを知って項垂れる。

生きている。大丈夫。――大丈夫。

そう思った途端、体の芯から震え出す。

恐怖が全身を支配して、言うことを聞かない。

追い打ちをかけるように突然鳴り響いた気持ち悪い警報音に、体が跳ね上がった。

「爆弾が落ちたな。空襲警報が鳴りやむまでは危険だ。どこか防空壕《ぼうくうごう》に――」

立ち上がろうとした千秋さんの腕を掴んで押しとどめる。

「まっ、待ってください。ちょっ、まっ……」

呼吸が上がって、うまく口が回らない。心臓が怖いくらいの速さで鳴っている。

「お願い……。駄目、離れないで。ここにいて。ここにいてくださ……」

防空壕まで行ったら、そこで次の攻撃に遭うかもしれない。

──三峰恭介は爆撃に巻き込まれて命を落とす。

いつか読んだその本に書かれていた言葉が頭の中をぐるぐる駆け巡る。

千秋さんが今背を預けている來宮神社の巨木は、現代にもある。こんなにも大きな木、もし爆撃に遭っていたら、現代では巨木として知られることはない。

つまりこの木は爆撃に遭わない。焼けて消えてしまわない。

ここは安全──。

「お願い！　私、千秋さんがいなくなったら、もうここにいる意味なんて……！」

息をしている意味なんてない。

堰を切ったように涙がわっと溢《あふ》れ出《だ》す。ああ、もう戦争なんて嫌だ。

「おい、落ち着け。大丈夫だ」

千秋さんはがたがた震える私を強く抱きしめる。

「ここにいるから安心しろ」

その腕の強さに、すがるように体を預ける。

怖い。怖い、怖い。

この恐怖は、きっともう永遠に消えてなくならない。

千秋さんが好きだと自覚した日から、ただひたすら失いたくないと思っている。

運命なんて言葉、信じたくない。

空襲警報が止《や》むまで、千秋さんは何も言わずに私を抱きしめていてくれた。

「取り乱して、すみませんでした……」

恥ずかしさに、顔を上げられずに千秋さんに謝る。

まだ何となく体に力が入らなくて、ふらふらする。心配をかけないようにしたいと思うのに、心と体がちぐはぐだ。

空襲警報は止んでいた。來宮神社から出ようとしたけれど、うまく歩けない。まだみんな、防空壕に避難しているのか、辺りは静まり返っていた。

「……気にするな。熱海は普段静かだから驚いただろう。あの一度で済んでよかった。煙が見えるな。映画館の上のほうだ」

目を向けると、映画館がある場所よりも上の山から、もくもくと煙が立ち上っているのが見えた。何となく煙の臭いが風に乗って漂っているような気がする。

「爆撃を受けたのも初めてで……すみません」

その言葉に、千秋さんは神社の境内の片隅で足を止める。私も自然と足を止めて顔を上げることになった。千秋さんと目が合って、息を呑む。

「俺をかばうのはやめろ」

悔しそうな表情に混乱する。

「お前、あの時とっさに俺をかばっただろう。もし本当に近くに爆弾が落ちていたら、お前が犠牲になって、俺は生き残ったかもしれない」

その言葉にぐっと唇を噛みしめる。

それでいいんです、と言おうとしていたから。

「お前は俺が三峰恭介だから守らないと、と考えているだろうが、そんなの俺はまったく嬉しくない」

それは——。

「違います！　私は別に千秋さんが三峰恭介だから自分が犠牲になってでも助けたいだなんて思っていません！」

「ではなぜだ」

声色、表情、佇まい。千秋さんが怒っているのが伝わってくる。

混乱して弁解なんて何も浮かばない。

「千秋さんが三峰恭介であってもなくても、私にはどうでもいいです。ただ千秋さんを守りたかっただけです。あなたを、失いたくなかった」

私はもう、三峰恭介としてこの人を見ていない。ただの三島千秋という一人の人間に恋をしている。

「だが、お前が俺を守ったところで、お前は誰が守る？」

パシッと音を立てて、自分の右手に千秋さんの手が重なる。

「俺が助かればそれでいいのか？　爆弾が落ちた時、お前は酷く狼狽《ろうばい》していた。俺がいなくなったら、と嘆いていたくせに、お前は真実を語らない」

目を見張る。

手を摑まれて、逃げることができない。

「なぜそんなに怯える。お前は何を知っている。もしやお前は、俺がそのうち死ぬことを知っているのか？　だから、そんなに怯えているのか？」

思わず体に力が入る。些細な動揺が、触れている部分から千秋さんに伝わる。

「お前は……何者だ？」

じっと見つめられて、たじろぐ。

いつか思ったように、この人の前では嘘が吐けない。

嘘を吐いたところで見透かされる。現に私の不自然さに気づいている。

もう、逃れられない。もう誤魔化せない。もう、限界――。

「……――戦争は、日本が負けて終わります」

「え？」

「今年の八月十五日です。あと四か月と少しです」

「な――」

「私は八十年後の未来から時を超えてここに来ました。あの映画館は戦後に《六等星シネマ》という名前に変わって、来年百周年を迎えます。私は本当に今から八十年後のあの映画館で働いていたんです」

感情的に説明はできないと思ったから、真実をロボットのように早口で伝える。

でも千秋さんの瞳が揺らぐのを見ていると、想いが堪えきれずに零れ出す。

「待て……。まったく理解できない」

「嘘みたいですよね。スクリーンの中でしか会えなかったあなたと、今こうやって触れています。不思議で、でも嬉しくて——。傍にいたくて。真実を伝えたら追い出されるかもしれないと思って、私が未来の世界から来たことを、ずっと言えなかったんです」

千秋さんの手は熱を持っている。スクリーンの中の平面の世界ではなく、触れられる場所にいる。

「私、幼い頃から自分の居場所がなくて、いつも映画館で一人、映画を観ていました。三峰恭介の作品を観るたびに心が躍って、いつか話したように心の支えにしていました。大人になって映画館で働いていたのも、あなたの影響です。だから、あんなに憧れた人がすぐ傍にいるこの状況も、簡単に手離したくなかった」

初めは見ているだけでよかった。でも、自分が欲張りになった。

一緒に過ごすうちに、もっと傍にいたいと願った。

ずるくて臆病者の私は、現実に目を背け、誤魔化しながら今日まで来てしまった。

「……黙っていて、本当にごめんなさい」

こんな得体の知れない存在、不自然で、きっと気持ちが悪い。

千秋さんはさっきから黙ったままだ。

いつまでも穏やかに続けばいいと思っていた世界は、もう終わり。

私はもう、ここにはいられない。

「――一つだけ、どうしても伝えたいのは、《三峰恭介》は、八十年後も多くの人々に愛されている俳優だということです」

多くの人々が、今も三峰恭介の生家だと偲《しの》んで、六等星シネマを訪ねてくる。

「あなたは、映画史に百年、きっと千年先も名前が残るほどの大スターだって忘れないでほしい。それだけです」

千秋さんに向かって、深く頭を下げる。

「……嘘を吐いて、千秋さんを騙すようなことをして、申し訳ありませんでした」

恐る恐る顔を上げると、千秋さんは戸惑った顔をしていた。それ以上何も言わずに押し黙る。だからこちらから切り出す。

「私はあなたの大ファンです。あなたの全作品を知っています。……それがどういうことかわかりますか？」

尋ねると、千秋さんは小さく頷く。

「……やはりお前は俺がどう死ぬか知っているな？」

問われて、今度は私が小さく頷く。千秋さんは私の手を強く握る。

「──『天を駆ける』が遺作になる、と、雪は知っているのか」

返事はしなかった。でも、私の身じろぎから千秋さんは察したようだった。

「だからお前は塚本が映画を撮ると言った時に引かなかったのか。無理を言えば諦めると思ったが、お前は強情だった」

「……私は、何かが変わったと信じていますから。存在するはずのない私がここにいることで、もうすでに何か変化が起きていると思います。もしかしたら八月十五日に戦争は終わらないかもしれないですし、私が知っているとおりに何もかもが進んでいくとは思えない。だから諦めたくないんです。千秋さんのこと──どうしても」

千秋さんは私からそっと手を離す。拠り所を急に失って、体がふらつく。

「俺は自分の運命を受け入れている」

「そんなこと……言わないでください！」

もしかしたら今の爆撃に巻き込まれて死ぬのが千秋さんの運命だったのかもしれない。

それを回避できたのなら──。

「仕方がないと思っている。医者から余命を告げられた時に、全部受け入れた」

「え？」

余命？ 思わず眉を顰める。

千秋さんは私の顔を見て、同じように眉を顰めた。

「何を……、言っているんですか？ え？ どういうことですか？」

今度は私から千秋さんの手を掴んで詰め寄る。

「それは俺の台詞だ。知っているんだろう？ 俺は心臓の病で先が長くない。だから熱海に戻ってきている」

「……何ですか、それ」

「だから……。え？」

千秋さんも何かおかしいと、言葉を切って口を噤む。

「心臓の病？ そんなの聞いたことないです！ 私が知っているあなたの最期は、戦争中に爆撃に巻き込まれて命を落とすということです！」

「はあ？ 心臓の病だろ！」

「ありえません！ 三峰恭介が重病を抱えていたなんて、そんな重大なこと、私は一切聞いたこともないです！」

感情のままに声を荒らげた私に、千秋さんは首を横に振る。

「……役者を始めた頃から、時折胸の痛みで動けなくなることがあった。それでも一年に一度程度だったし、普段は何事もないほど健康だったから気にもしていなかったが、昨年あたりから急に発作の頻度が増えた」

あの時――。るいちゃんのために演技を披露したあと、千秋さんが中庭でうずくまっていたのを思い出す。もしかしてあれが――。

「仕事にも支障をきたすようになり、病院で調べた。そうしたら、心臓の病で余命が一年ほどだと聞いた」

「違う！　そんなの私、知らない……！」

「それが真実だ。公表もせずに、静養を兼ねて熱海に戻った。東京の戦火が激しくなり、撮影所も閉鎖されたことでちょうどいい機会だった。他の俳優たちも故郷に戻っていたから表向きには戦争が原因で疎開中だということになっている」

きっと春市さんや小夏さんは千秋さんのことを知っていたんだ。

だから、春市さんは千秋さんに無理はさせたくないと考えている。小夏さんも千秋さんのためにわざわざ時間を空けてごはんを作りにきてくれていた。

「そんなの……信じられません！　今、公表していなくても、もしもそれが原因で死んだら、絶対に誰かが言いますよ！　三峰恭介が病に勝てずに儚く散ったなんて、最期まで涙を誘うような人生で、それこそ千年先も語り継がれます！　それをあなたのファンの私が知らないなんてありえない！」

「そんなの俺が知るわけがないだろう。お前こそどういうことだ。東京にいるならともかく、この平和な熱海で爆撃なんてほぼないだろう」

「さっき落ちたのはなんですか！　今回は回避できましたが、この先もっと戦況が悪くなったら、熱海が爆撃されないなんて誰も言えないです！」

　お互いの言っていることが信じられないと、千秋さんと言い合う。

　怒っているはずなのに、なぜか心が晴れ渡っていく。今まで言いたくても言えなかったことをお互いに打ち明けて、真正面からぶつかって、すがすがしさすら感じていた。

「つまりは俺がどう死ぬかなんて、結局はわからん！　そうだろう⁉」

「ええ、そうですね！　未来なんて曖昧です！　さっき爆撃を受けなかったことで、爆撃での死は回避できた可能性もあります！　だから——逃げないでください！」

　そう言った途端、千秋さんは口を噤んだ。

　でももう止められない。

「生きることを諦めないで！　役者が好きなら、もっと演じてください！　もし本当に心臓の病なら、余命を理由にして背を向けないでください！」

　何があっても演じてほしい。

　私は一作でも多く、あなたの演技を観たい。

「私は、千秋さんの次回作を諦めません。今は戦争中です。今日このまま死ぬかもしれないのは私も同じです。でも私は自分を諦めません……！」

息が上がった私を、千秋さんは見下ろしながら呟く。

「……ああ、そうだな。結局は俺もお前も同じだ」

摑んでいた手をぎゅっと強く握り返される。

「俺もお前もいつ死ぬかなんてわからない。雪の言うとおり、どうせ死ぬからと諦めていたのは論外だったな」

「千秋さん、そうですよ。だから――」

「俺は雪が好きだ」

脈絡もなく落ちたその言葉に、息を吞む。きっぱりと言い切ったその言葉がまるで信じられない。

「初めて会った時、俺の映画で寝ているし、なぜか館内を熟知しているし、料理もできず、常識はずれのことばかりしているから、なんて女だと思っていた」

「それは……、私がこの時代のこと何もわからなくて」

「あの時はただの記憶喪失だと聞いていたからな。未来から来たなんて信じられないが、思い返して考えれば、なるほどな、と納得する」

信じてくれた？　淡々としている千秋さんに、好きだと言ってくれたのは聞き間違いだったのかなと不安になる。

「……だが、ただひたむきに仕事に打ち込むお前に徐々に好感を持った。料理を食べられない姿に、何か影を背負っているのを感じてさらに興味深くなった。そのうち、困っていれば力になってやりたいと思うようになった」

さりげなく力を貸して守ってくれたのを、忘れるわけがない。

「春市とお前が噂になった時に、嫉妬している自分に気づいた。塚本といる時に俺といる時以上に楽しそうにしているのは心外だ。隠し事をせず、全部話してほしいのに、のらりくらりとかわすお前に腹が立って、何もかもを知りたいと思った自分が欲深いと思った。ああ、そうだな。お前が俺以外の俳優を褒めるのすら気に食わない」

「そんな……」

思ってもみなかった言葉に、何も言えなくなる。

「正直、熱海に戻った当初は自暴自棄だった。だが雪が現れて、随分助けられた」

「え？」

「お前は俺を、《三峰恭介》を絶対的に支持してくれている。満が出征する時に、次回作をと言ってくれたが、正直俺は次はないとひねくれた気持ちを抱えていた。だが、バルコニーでの挨拶や、ごはんつき上映会、お前の発案で多くの人間が自分を支えてくれていることに気づいた。また、演じたいと思った。そんな風に前向きになれたのは雪のおかげだ」

千秋さんはうろたえる私を見て、微笑む。

「それに、《私たちはフィルムの中で千年経っても三峰恭介に会える》と、お前は言ったな。それを聞いて思った。映画の中と観客と、隔てた場所ではなく同じ場所に共にいたいと。だからお前が映画に出なければ俺も出ないと言った。俺たちは明日死ぬかもしれないが、フィルムの中では千年経っても共にいられる。そうだろう？」

それは——、この上ない幸福。

それを千秋さんが望んでいたなんて、思いもしなかった。

「お前が未来から来たというのはまだ不思議に思うが、八十年後の世界で雪は俺の作品を観てくれていたんだな。そんな人間がいると知ることができただけで——、俺は役者をしていてよかったと思う」

どこか安心したような声音。千秋さんは自分が遠からず死ぬことを受け入れている。

この人は本当に爆撃を受けて亡くなるの？

『天を駆ける』が遺作で終わるの？

それとも、心臓の病で亡くなるの？

よくわからない。でも何かが変わってきているのは確か。

「あの、病を治す方法は……。入院して手術を受ければ！」

「進行するばかりで、治す方法はないと言われた。無駄だ」

「そんな！ 何か方法が……！」

「ない。東京でいろんな医者を訪ねた。だが全員、首を横に振った。俺だって、もっと演じたい。本当は海外の作品にも出てみたい。生きていたい。できれば、雪と――」

いつも凜としている千秋さんの声が揺れたのに気づいて、衝動的にその背にすがるように抱きつく。

私の背にも、千秋さんの腕が回る。

支え合うように互いにもたれかかる。

「余命がどうとか、私が知っている最期がどうかなんて、どうでもいいんです。さっき言ったとおり、私だって、今日このまま死ぬかもしれません。たとえ健康でも、明日、一か月後、一年後、死んでいてもおかしくないんです。それならせめて息をしている間くらいは、傍にいたい」

ここに来て、思い知った。

必ず来る明日なんて、ない。

いつも不安定で、もしかしたらもう来ないかもしれない。

「だから、私は千秋さんと一緒に生きたい……」

この昏い世界で、一緒に。

「千秋さんが好きだから、支え合って、生きていきたいんです……！」

ぎゅっとその背に回った腕に力を籠める。

星々の確かな光のように、私たちはまだ生きている。

私もまだ、自分を、千秋さんを、諦めたくない。

「……そうだな、お前の言うとおりだ。雪、ありがとう」

耳元で呟かれたその言葉に、力が抜けてどうしようもなく涙が落ちる。

千秋さんの指が私の涙をそっと拭ってくれる。

「好きだ。息が止まるその時まで、傍にいてくれ」

囁かれたその言葉に、頷く。

優しく重なる唇に、映画ならきっとここで終わる。

ハッピーエンドでエンドロールが流れる。

でもこれは現実だからまだ続いていく。まだ、未来は白紙のまま。


「雪！　よかった！」

映画館に戻ると、春市さんと豊代ちゃんが待っていた。

二人を見て、帰ってきたと実感して胸を撫で下ろす。

「ああ、よかった。無事だな、二人とも」

春市さんは怪我はないかと私と千秋さんを確かめるように眺めていた。

「すみません、朝の散歩に出ていて……。心配をおかけしました」

「無事ならいい」

「豊代ちゃんもごめんね、わざわざ来てくれたんだ」

「もちろんよ！　一番は春市様が心配だったからだけど、二人とも無事でよかった」

素直な豊代ちゃんに、思わず笑顔になる。自然と笑えたことで自分が少しずつ落ち着いてきたことに気づく。

「海のほうのあたしの実家から見たら、ここの近くから煙が上がっているような気がして驚いたのよ。実際はもっと上のゴルフ場が爆撃されたけれど」

ゴルフ場。そういえば、映画館の傍にあるＭＯＡ美術館のさらに上の山にゴルフ場があったな。かなり古くからあるゴルフ場だと聞いたけれど、そうかあそこか。

「あのゴルフ場は五年くらい前から横須賀《よこすか》陸戦隊の砲台基地があるからな。それを狙ったんだろう。とにかく怪我がなくてよかった」

「まだ顔色が悪いわ。少し休んだら？　この分じゃ今日はお客なんて来ないわよ」

豊代ちゃんが私の手を引いて歩き出す。春市さんがやけに神妙な顔で千秋さんと何か話しているのが見えた。

もしかしたら心臓の病のことなのかもしれない。でもその話に入ることもできず、私は豊代ちゃんに連れられて映画館の中に入った。

「映画館に来たら、あなたたちがいなくて……、本当に驚いたわ。無事でよかった」

豊代ちゃんは目を潤ませてくれている。

「ちょうど來宮神社まで散歩に行っていたの。そこで爆弾が落ちたから、しばらく留まっていて戻ってくるのが遅くなってしまって……。心配かけてごめんね」

「大事な友達だから心配するわよ。行くなとは言わないけれど、戦時中だから、せめてこれからは春市様にどこに行くかくらい書き置きしてから散歩に行って」

「そうだね。ごめん、熱海は危険じゃないと勝手に思ってた。それに大事な友達だって言ってくれてありがとう……。本当に嬉しい」

思えば私は、友達も少なかったな。学生時代の友人なんて、ほとんど連絡をとっていないし、こんなことを言ってくれる友人もいなかった。

「そんなの当たり前じゃない。それより！」

照れ隠しなのか、豊代ちゃんは急に話題を切り替える。

「早朝から千秋さんと二人でどこかに行っているって、あなたたち最近少しぎくしゃくしていたけれど、仲直りしたの？」

「えっ、えっと……、そうだね」

「もしかして、うまくいったの？」

「えーっと、そ、そうだね……」

頷くと、感極まったように豊代ちゃんが私に抱きつく。苦しいくらいに抱きしめられて息ができなかったけれど、照れくささやらで構っていられない。

「よかったあ。ああ、安心したあ」

子供みたいに豊代ちゃんは泣きじゃくる。自分のことのように喜んでくれる姿に、豊代ちゃんがますます好きになる。

「爆弾は落ちたけど、あなたたちにはこれくらいの荒療治が必要よね。次はあたしと春市様が続くから！」

「うん、頑張って！　応援してるね」

頷いて、笑い合う。もちろん爆撃は恐ろしかった。でもそれをきっかけに得たものもとても大きかったと感じていた。


「勝手に家を出て、申し訳ありませんでした」

豊代ちゃんに言われて、確かに朝だからという理由で行き先も告げずに家を出たのはまずかったなと思い、春市さんに改めて謝罪する。

「もう終わったことだ。さっきも謝罪は聞いた」

映画館は臨時休館になって、ロビーもがらんとしている。

年中無休のこの場所は、お昼近くに誰もいないことはない。何となく不思議な感覚を抱いていると、春市さんが「座れ」とロビーの椅子を促してくる。

「ご心配おかけしました。これからはちゃんと伝えるようにします」

「気にするな。まあ今日はたまたまだ。しかし、今後これからこういうことが増えるかもしれない。自分の命だけは大事にしてくれ」

はい、と頷く。申し訳ありませんでしたと、もう一度深く頭を下げて顔を上げると、春市さんが私をじっと見ていた。

「……さっき、戻った千秋から、雪と恋仲になったと聞いた」

「えっ、す、すみません！　私なんかが……」

まさか春市さんに話していたとは思わず、戸惑いが隠せない。でも私も豊代ちゃんに話しているし……。

「怒ってなどいない。むしろ安心した。……千秋から、病のことも話したと聞いた」

「はい……。お聞きしました」

ロビーに置かれたテーブル越しに向かい合う春市さんに、居住まいを正す。

「おれは千秋が熱海に戻ってきた日に、病状を初めて聞いた。おれたちは離れて暮らしていたし、千秋はほとんど東京から戻ってこなかったから、久しぶりに対面してそれを聞いて、驚いて信じられなかった。発作が起こらなければ、ごく普通に生活できるとは聞いたが、心配で必要以上に千秋に干渉するような真似をした」

「そうだったんですか？」

「ああ。映画館も休館して、つきっきりで看病させてくれと頼んだ。千秋にこの左目の恩を返せるのは今しかないかもしれないと思ったんだ。千秋からは断固拒否されたが。冷静になって考えると、自分もそうされたら拒否するのに、それすらわからないくらいに自分が酷く狼狽していた」

大事な弟が、余命いくばくもない。しかも自分にとって大恩がある人。そんな人が命の危機にあると聞いたら、ずっと傍で看病したいと願うのはわかる。

「そんな時、雪が現れた」

唐突な言葉に、目を瞬く。どういうことなのか。

「初めて会った時に雪が館内を説明したのを聞いて、理由は謎だが、雪がこの映画館の構造を熟知していることがすぐにわかった。この建物は複雑だ。もし千秋が倒れていたら、一番最短で確実な道を迷うことなく走って教えてくれる。そう思った」

確かに私はこの映画館の裏道も、最短ルートも全部把握している。

「つきっきりでの看病を拒否されてしまったから、千秋を見守る目が多いほうがいいと思ったんだ。つまり雪をうちに受け入れることは、おれにとって非常に好都合だった」

——それに《お目付け役》がいたほうが、春市も安心だろ？

初めて会った時、千秋さんがそう言っていたのを思い出す。

それはこういうことだったのか。

「それに、病のことを雪には絶対に伝えるなと千秋に言われていたから、隠さないといけなかった。雪に気づかれないように過ごすうちに、おれも冷静になれた。おかげで小言は言っているが、あまり干渉せずに静かに千秋を見守ることができていると思う」

「そうだったんですね……。こんな得体の知れない自分を置いてくれるなんて、春市さんはとてつもなく懐の広い人だと思っていました」

重苦しい空気を吹き飛ばすように微笑むと、春市さんも少し口元を緩める。

冬担当がいないという理由で住まわせてもらったけれど、その裏に隠された真実を知ることができて、謎が解けていく。

「そういう純粋な好意だったのならよかったんだがな。本当に雪には感謝しかない。黙って利用する真似をして申し訳なかった」

「いいんです。私も春市さんにすごく感謝しています。あの時ここに住まわせてくれなかったら、きっと私どこかで野垂れ死んでました」

間違いなく生きていけなかっただろう。どのような理由でも優しくしてくれたことには、感謝しかない。

「これからは私も一緒に、千秋さんを支えていけたら嬉しいです」

春市さんは、大きく頷く。

「頼んだ。本当にありがとう。千秋をよろしく頼む」

私に向かって春市さんは深々と頭を下げる。私も応えるように深く頭を下げていた。


「いやー、お互い死ななくて本当によかったなあ！」

両手を挙げて、塚本さんは喜びを表現してくれる。爆弾が落ちた日から数日後、四月に入って早々に塚本さんが映画館を訪ねてきた。

「塚本さんもご無事でよかったです」

「オレは元々海の傍の宿に泊まっているからあんまり関係なかったが、音がすごかったな。映画館の近くの山に落ちたと聞いて肝が冷えたぜ。オレも知らなかったが、十二月くらいに日本軍の誤爆で爆弾が旅館街に落ちたみたいだな。いなくてよかったよ」

「そうだったんですか……、私も知りませんでした」

「だよな。それくらい熱海は平和だから油断してたな」

熱海は平和。その言葉のとおりにこのまま終戦を迎えてほしい。

爆撃を受けて千秋さんが亡くなる。そのバッドエンドは回避できたと信じたい。

「爆弾一発で済んでよかった」

そう言った塚本さんの声が心許《こころもと》なく揺れる。

「いろいろ思い出したら、寝込んじまった。オレらしくないな」

そんなことないです。当たり前のことです、と呟く。

塚本さんは東京大空襲を生き延びた。何千発もの爆弾が雨のように降ってくると想像しただけで恐ろしい。

一発であんなに取り乱したのに、もしこれから酷い空襲に見舞われたら、私――。

「だからこそ映画、早く撮らねえとな」

暗い顔をした私を気遣うように、塚本さんはにかっと笑う。

「そうですね。この先どうなるかわかりませんから。撮れるうちに撮りましょう」

塚本さんと顔を見合わせて力強く頷いた時、突然塚本さんが後ろに引かれる。驚いて目を向けると、千秋さんが不満そうな顔をしていた。

「おい、仕事の邪魔だ」

「す、すまん。千秋、顔が怖いぞ」

咎められて、千秋さんは「そんなことはない」と言って塚本さんに向けて微笑む。

「おい～。その笑顔も怖い。だけどまあオレも悪いな。単純に雪はいいやつだから話も弾むだけで、お前の女に手を出そうなんて微塵も思ってもねえよ」

お、お前の女……。塚本さんも知っているのか。少し前に塚本さんが寝込んでいると聞いた千秋さんは、様子を見てくると言って出かけていたけれど、その時話したのかな。

私は仕事で同席できなかったけれどその時のことを勝手に想像すると、ちょっと恥ずかしさやら嬉しさやらでふわふわする。

「わかっているならいいが……」

「わかってる！　だがな、一つ言わせてくれ。男の嫉妬は見苦しい！　以上！」

塚本さんはゲラゲラ笑って、走ってロビーを後にしようとする。でもそれよりも先に千秋さんが塚本さんの国民服の襟を摑む。

「おい。説教か、説教、どちらか選べ」

「説教しかねえだろ！」

そのやりとりに、つい笑ってしまう。けらけら笑う私に、千秋さんは溜息を吐いて塚本さんから手を離す。

「また具体的に撮り始める日程が決まったら連絡する！」

そう言って塚本さんは笑いながら駆け出していく。

「やっぱり塚本はあれくらい元気があったほうがいい」

千秋さんは塚本さんの後ろ姿を見て呟く。千秋さんなりに心配しているのが伝わる。

「本当にそうですね。心の傷は完全に消えることはないかもしれないですが、友人として支えたいです」

「……そうだな」

千秋さんは頷いて微笑む。

その柔らかい笑顔に胸が詰まる。

恋人になったからと言って、特に何かが起こったわけでもない。でも、今みたいに千秋さんは気を許したように笑ってくれる。

様々な表情を私に向けてくれる。

それだけでもう何もいらないと思うのは、今が幸せだから。終戦まであと四か月。

このまま何事もなく過ぎてほしいと、心の底から願っていた。

第五章　ラブレター

「く、苦しい……！　ちょっと待って豊代ちゃん！」

「駄目よ。甘ったれたこと言ってないで、もう少し我慢しなさい！」

豊代ちゃんの実家が経営している旅館の一室で私はうめき声をあげていた。

「無理……！　少し緩めて……！　折れる！」

「はあ、仕方ないわねえ」

豊代ちゃんは私に絞められた帯を緩める。肋骨《ろっこつ》が折れるかと思った。ううん、緩めてはくれたけれど正直まだ苦しい。

私は衣装合わせだと言われて、豊代ちゃんに借りた赤の振袖を着ていた。着物なんて成人式以来かもしれない。あの時も着なれない着物に苦痛しか感じなかった。

ここに来てからももんぺしか着ていないから、なおのこと苦しい。初めはもんぺもださくて嫌だななんて思っていたけれど、動きやすいし楽で大好きになっていた。

撮影が始まったら、長時間着物なのかもしれないと思ったらすでに気が重い。

「ちょっと待って脱いじゃ駄目よ。今から紅をさすんだから」

「もう無理……！」

今すぐに脱ぎたいのに……！

豊代ちゃんは駄々をこねないと言って、私を縁側に座らせて赤い紅を口元に乗せる。

「……馬子《まご》にも衣装よねえ。そうやっていたら、本物の御姫様みたい」

紅をさした私に豊代ちゃんは毒舌をまじえながらも褒めてくれる。普段化粧すらしていないからそのギャップもあるのかな。その言葉は嬉しいけれど、もう苦しくて限界。

「ありがとう。ねえ、もう脱いで……」

「待ちなさい。かんざしがあったはずだから取ってくるわ。勝手に脱いじゃ駄目よ」

帯に手をかけようとしている私を制して、豊代ちゃんが部屋から出ていく。

うう、苦しい。早く戻ってきてほしい。

座っていることすら大変で、柱にもたれかかる。

なかなか豊代ちゃんは戻ってこない。しばらく待たされて、もう限界だった。目の前に広がる美しい庭を楽しむことすらできず、早く脱ぎたいという思いだけが強くなる。

その時、背後の襖が開く音がする。

「豊代ちゃん——、私もう苦しくて……」

「豊代に頼まれてかんざしを持ってきた……」

振り返ると、紺の和服姿の千秋さんが立っていた。そういえば、私よりあとの時間に、別の部屋で千秋さんも衣装合わせをすると言っていたのを思い出す。

「えっ、ち、千秋さん⁉」

「ん？ ゆ、雪⁉ 小夏の衣装合わせをしていると聞いたが……！」

「小夏さん？ 衣装合わせは今日の午後からだとお聞きしましたが……」

そう言うと、千秋さんは大きな溜息を吐く。午前中は私だけで、午後は他の人だと聞いた。まだお昼になっていないと思うけれど……。ううん、もしかして豊代ちゃんが何か気を遣ってくれた……？

「……そうか。いや、気にするな。とりあえずかんざしを渡しておく」

千秋さんは私にかんざしを差し出す。

「ありがとうございます。何だかすみませ、ん……」

受け取った時に、部屋の奥の暗い場所から、私がいる明るい縁側に来た千秋さんを見上げて酷く動揺する。慌てて立ち上がって千秋さんを覗き込む。

するとと千秋さんは二、三歩後ずさった。それにも構わずに詰め寄る。

「どうしました？　顔が赤いですが、もしや体調が悪いですか？」

「わ、悪くない」

「そんな、もしかして熱が――」

思わず頬に触れようとして伸ばした手を思い切り摑まれる。

「驚いただけだ」

「え――」

「想像以上に雪が綺麗で、驚いた」

だから、頬が赤い。

気づいたら、爆発するように私の頬が熱くなる。

「えっ、えっと、ちょっと待ってください」

逃げようとする私を捕らえるように、もう一方の手を腰に回されて引き寄せられる。

その手から逃れたい。でも逃れられない。

「――口づけてもいいか？」

「だ、駄目です」

思わず空いた手で千秋さんの口元を覆う。

千秋さんは拒絶する私の手を、不機嫌そうに剝ぎ取る。

「お前は俺の、口づけたいという願いも叶えてくれないのか」

「えっ……、そ、そう言われると……。でも」

「でも？」

耳元で尋ねられて、力が入らなくなる。

「でも、駄目です。紅が……移ります」

そう言った途端に、顔を上げさせられて、唇が重なる。

「紅が移るから駄目、だなんて、かわいいことを言うな」

「だって……！」

反論しようとする私の唇を、もう一度強引に塞ぐ。

だって私、筆で口紅を塗ったことなんてない。現代でもほとんど化粧もしなかった。だから豊代ちゃんがやってくれたように綺麗に紅をさし直す自信がない。

でももうどうでもいい。

満足そうに微笑む千秋さんの唇に、私の紅が移っているのを見て悟った。

この人は、本当に私のことを好きでいてくれるんだと。

好きだとは言ってくれたけれど、千秋さんはごく普通だったから半信半疑だった。

でもあの頰の赤さも、この紅の赤さも、全部その証明。

「幸せすぎて、怖いです……」

呟いた私の声を飲み込むように口づけられる。

「俺もだ」

あとは落ちていくだけかもしれない。今この瞬間、爆弾が爆発して終わるかもしれない。そういう不安がさらに好きだと思う気持ちを増幅させていった。


「わっはっはーっ！　オレは怪物だぞーっっ！」

つぎはぎの布をかぶった塚本さんが、両手を振り上げて子供たちに襲いかかる。

子供たち――るいちゃんや一虎くんたちは、きゃああと声を上げて楽しそうに飛び跳ねて、塚本さんから逃げていた。

「はい、カーット！　塚本監督最高です！　次、このシーンいきましょうか！」

出演中の塚本さんの代わりに、東京からわざわざ来てくれた助監督が拍手をして、ほのぼのした空気で撮影が進む。

あの衣装合わせが終わって、四月も終わりに差しかかった頃、いよいよ実際に撮影が始まった。撮影自体は長くても一か月ほどで終わるらしい。

塚本さんが楽しそうにスタッフたちと話している。

そんな和気あいあいとした空間の片隅で、私はさっきから肩を落としていた。

「――そんなに落ち込むな、雪」

隣で撮影風景を眺めていた千秋さんが肩を落とした私の背を擦ってくれる。

「落ち込みますよ……。全然演技できなかった……。すごく自分にがっかりしてます」

カメラの前に立ったら、頭の中が真っ白になってNGを連発してしまった。

うまくできるかも、だなんて自分を過信していたこともあって、ダメージが大きい。

「初めてだろう。仕方がないさ」

「そうですが……。美しい着物を着せてもらったのに……。ああ、もう……」

いつものもんぺ姿ではなく、あの時の衣装合わせに着た豪奢《ごうしゃ》な赤の着物。今日は帯を緩めてもらって何とか息ができている。

映画は出演者もそうだけど、豊代ちゃんや町の人の協力で進んでいる。

特にスタッフたちの宿泊所だけでなく、撮影所として旅館を提供してくれて、小道具や着物まで貸してくれた豊代ちゃんには頭が上がらない。

「本当に、何度見ても綺麗だ。またその紅を俺が引いてやりたくなる」

その言葉に、頬が熱くなる。結局あの日、乱れた紅を自分でさしてみたもののうまくいかず、千秋さんにさし直してもらったのを思い出す。口づけをしていた時よりもなぜかものすごく恥ずかしかった。

あの時のことを思い出してしまって、どうにも居たたまれなくて俯く。

腿の上で握りしめていた私の手を、千秋さんはそっと握る。

「外です……」

「気にするな。みんな、撮影風景を見ていて、こちらなんて見ていない」

「でも」

「それなら少し練習しようか。今後撮るシーンだ。大丈夫、俺しか見ていない」

三峰恭介に練習相手になってもらうなんて、それも尚更恥ずかしい。でも、練習が必要なことは身に染みてわかっている。

「――《僕は、映画の中の住人です。もう、この場所での役目は全うしました。だからもうそろそろ……、帰らなければ》」

映画のラストシーン。とある映画の中から飛び出してきた主人公は、怪物から世界を救う役目を終えて、元々いた映画の中の世界に戻ることになる。

躊躇《ためら》いがちに伏せられたその瞳。ほんの少し千秋さんの手が震えている。

違う、もう私の前にいるのは、《三峰恭介》だ。

──引き込まれる。そう思った瞬間、周りの音も何もかも聞こえなくなる。

「……《私を置いて、消えてしまうのですか？》」

「《はい。申し訳ありません。僕には別の場所での役目があります》」

その目が、私から離れる。繋いだ手から力が消え、離れそうになるのを、すがるように摑む。

「《私はあなたを……、一番お慕いしています。もしその役目が終わったら、もう一度会いに来てください。私はあなたを……ここでずうっと待っていますから》」

瞼の縁から、ぽろりと涙が落ちる。使命がある彼を送り出すのが彼女の役目なら、と思ったら泣いていた。無理やりに笑顔を作って、そうして彼の手を離す。

「《またお会いできる日まで、私は精いっぱい、毎日楽しく生きていきます。だからあなたも、私と同じように、楽しく幸せに生きてください》」

毎日楽しく、幸せに。それは私が千秋さんに願うことそのものだ。

「《そしてまたいつか、この手を取ってくださいね。約束、です》」

「《……はい。必ず》」

彼の頬には、涙が一筋落ちる。

本当は離れたくないというような表情。ほんの少し歪んだ眉や寂し気な表情に、思わず抱きしめたくなる。その衝動を堪えきれなくなった途端に、すぐ傍から声が響いた。

「……カーット！　すっっっごくよかった！　雪、やればできるじゃねえか！」

「えっ、え……、まさか撮っていたんですか⁉」

塚本さんが目元を袖で拭いながら頷く。

「もちろん撮っていた！　二人ともすごく臨場感があったぜ！」

いつから？　と慌てて千秋さんに目を向けると苦笑していた。

「気づいていたんですか？」

「ああ。お前は人の目を気にするから、これくらい自然なほうがいいと思った」

意地悪！　と言いたくなったけれど、私を思ってくれたことに感謝する。

それにしても、三峰恭介の演技力にまたもや圧倒される。台詞を話し出した途端に、引き込まれてもう周りが見えなくなった。

このシーンのあと、主人公は意を決して帰ろうとするけれど、結局うまく映画の中に戻れなかった。コミカルなシーンで彼女と再会し、ハッピーエンドで映画は終わる。

バタバタと、塚本さんは忙しそうに次のシーンに取りかかる。また私たちの周りには人がいなくなった。

「……俺から見ても、とてもよかった。お前もいつかはこの映画の主人公のように、自分の世界に帰るのだろうか」

「私は帰り方もわからないですよ？　だから、ここで一緒に生きていくんです」

もう一度その手が私の手を取る。

「安心した」

短くそう言って、ほっとしたように微笑む。

もしかして、心配してくれていたのかな？

もちろん、現代のことは気になる。家族のことを思うと申し訳なくなるし、私が消えてどうなっているのかとは思う。でも、もう現代に帰らない。

帰りたいとも思わなくなっている。

だって、私の居場所はもうこの人の隣にあるのだから。


「一旦熱海を出る？」

撮影も終盤に差しかかり、ほとんどすべてのシーンを撮り終えた頃には、夏が訪れていた。本当なら一か月ほどで撮影する予定だったみたいだけど、結局初監督である塚本さんや、慣れていない場所や私たちで映画を撮ることになったおかげで二か月程度延びてしまったらしい。

もちろん私の大量のNGも影響していそうで、申し訳ない気持ちになる。

「ああ。六月一杯まで撮影をしていて、七月に入ってからはずっと編集作業をしていたが、熱海は機材もないし大がかりな編集には限界を感じてさ。編集作業ができる知り合いが静岡にいるからそこでやろうと思ってる」

「静岡か……。大規模な空襲があったと聞いたが、大丈夫か？」

千秋さんは塚本さんに尋ねる。夜が差し迫っていて、千秋さんの表情はよく見えないけれど、その声は塚本さんを案じていた。

「ああ。やらせてくれって手紙を書いたら、知り合いの家は郊外にあって無事だったからできるって返事をもらった。空襲は怖いが、東京よりは大分ましだ」

「そうか……」

熱海には編集作業ができる機材や場所がない。そう考えると仕方がないとは思うけれど、塚本さんがいなくなるのは寂しいな。

「気をつけろ。熱海を出る時は教えてくれ。見送りに行く」

「千秋、ありがとな！　長期間は手伝えないって聞いたから明日すぐに発《た》つよ。本当にお前がいたから撮ることができた。これで戦争が終わればすぐにでも公開するから！」

塚本さんは千秋さんの手を取って、強く握る。

すぐにでも公開。その言葉を聞いて、思わず千秋さんを見上げる。

そうだ。これが三峰恭介の次回作。

まだタイトルも決まっていないと塚本さんが言っていた。編集が終わるまでは完全にとは言えないけれど、もしかしたら千秋さんの運命もこれで変わった？

もう、『天を駆ける』が遺作ではないのかもしれない。

しかも今日は八月二日だ。

熱海は三月の終わりに爆弾が一度落ちただけで、それ以来何もなく平穏だ。

終戦まであと十三日。それを乗り越えれば完全に運命が変わったと言える。

そう思ったら、突き抜けるような喜びが私の心を支配する。

「じゃあオレはすぐに荷造りするぜ！　またな、二人とも！」

塚本さんは大きく手を振って、高台の広場から駆け出していく。

私たちも手を振り返してその背を見送っていた。

「また塚本さんと一緒に撮影ができたらいいですね……。お疲れ様でした、千秋さん」

そう言って見上げると、千秋さんの体がぐらりと揺れる。

崩れるように座り込み、胸元を押さえて苦しそうに息をする。

「千秋さん⁉　大丈夫ですか⁉」

慌てて駆け寄る。すでに辺りは暗くなっていて、千秋さんの表情がうまく見えない。

「だ、大丈夫だ……」

「誰か……」

立ち上がろうとした私の腕を強く引く。

「呼ぶな。……しばらく経てば治まる」

「ですが――」

「いい」

何もできない自分がふがいない。もし私が両親や姉と同じ医者だったら？

そうしたら、もしかして助けられた？　私が不出来じゃなかったら……。

後悔ばかりが大きくなる。

それでも――思い出せ。応急処置は、お母さんから習った。これくらい覚えておきなさいと言われて……。

千秋さんを斜めに抱きかかえるようにして支え、着ているシャツのボタンを開ける。

「大丈夫です。私、医者の娘なんです。だから大丈夫」

あんなに嫌っていた肩書を、安心させるために使う。

「すぐに落ち着きます。慌てずに呼吸をして――」

お母さんからの知識で、私は一番大事な人を助けようとしている。

次第に闇が深まり、星が降りてくる。

その中でただ私は、命を繋ぎとめようと必死だった。

「……昨日はすまなかった」

熱海駅の雑踏の中、帽子を目深にかぶった千秋さんが呟く。

静岡に行くという塚本さんを見送るために私たちは熱海駅に来ていた。

そうは言っても、塚本さんは爆撃に遭うと困るからと、汽車に乗るわけではなく静岡までは歩いていくらしい。映画館と塚本さんの泊まっている旅館のちょうど中間に熱海駅があるからその傍で集合して見送る予定だった。

「いいえ。傍にいられてよかったです」

あのあとしばらく安静にしていたら、千秋さんは回復した。すぐに映画館に戻り、念のため医者をと説得したけれど、千秋さんは頑《かたく》なに同意しなかった。

結局そのまま眠り、朝起きたらもういつもの千秋さんだった。

もしかしたら、今まで何度も昨日のような発作を体験しているのかもしれない。

そう思うと尚更、傍にいられてよかった。

「あの……。千秋さんは私にあんな姿を見せたくないと思うのかもしれないですが、辛い時は必ず呼んでください。……私、何度でも千秋さんを助けたいんです」

助けるなんておこがましいかもしれない。でも傍にいてできることはすべてしたい。

これから応急処置をもっと学ぼう。

千秋さんは少し困ったように微笑んだけれど頷く。その姿を見て、大丈夫だと思った。千秋さんも、生きることを諦めていない。

「約束ですよ？」

「雪……」

「お前は本当に医者の娘なのか」

「そうです。父も母も、姉も医者です。私だけ不出来で、医者になれなかったんです」

あはは、と苦笑いした私に、千秋さんは真剣な顔で首を横に振る。

「不出来だなんてそんなことはない。俺はお前が傍にいたから落ち着けた」

「千秋さん……」

「雪はいつも俺を支えてくれる。俺にとっては医者よりも何よりも過ぎたる人だ」

私のことを必要としてくれる。私のことを不出来だなんて、言わない。

過ぎたる人、だなんて……。

それが、とてつもなく嬉しかった。

周りに人がいるのに、大泣きしたくなる。

「ありがとうございます！　すごく嬉しいです」

涙を堪えるために、弾んだ声を出す。私の声が大きかったからか、雑踏の目がこちらに向く。

「今の人、三峰恭介に似てたけど……」

「え？ 本人？ うわ、素敵～！」

すれ違う人々から、そんな言葉が落ちる。しまった。バレ始めている……！

今は千秋さんが普通に歩いていてもそんなに騒ぎになることもないし、無暗に何かされることはないけれど、ここは人が多い。あっと言う間に多くの目が集まってくる。

「雪、行こう」

千秋さんの手が私の手を取る。雑踏の間を二人で縫うようにして駆け出す。

「走っては……！」

「大丈夫だ。今は至って平気だ」

そんな。手を繋ぐこともまずい。

私が知っている限り、三峰恭介はノースキャンダルだった。それなのにこれで噂になったら……。

「駄目です！ 待って！ まずいです。手を離して！」

慌てて叫ぶけれど、さらに強く握られる。——ああ、もう。これはわざとだ。

流れる景色がきらきらと輝いている。

千秋さんはその中で子供みたいに楽しそうに笑っていた。

駅舎を出て駅前の広場に移動すると、人はいたけれど誰も私たちを気に留めていなかった。駅舎から追って来る人もいないことを確認して、ようやく一息《ひといき》吐く。

「もう、駄目ですよ。走っては」

咎めると、千秋さんは苦笑する。

「ははっ、怒るな。大丈夫だと言っただろう？」

「ですが……」

「外は暑いな。蟬《せみ》の声がうるさい」

確かにお互いの声が聞こえにくいほど、蟬が鳴いている。

でも私はその声すら嬉しい。

今日は八月三日。さらに夏が深まっていく。

このまま何事もなく過ごしたい。

「走ったからフィルムが心配だ」

千秋さんは鞄《かばん》からフィルムが入った缶を取り出す。

映画館には映写機があるから、撮ったフィルムを確認するために、塚本さんが何度かフィルムを持って来ていた。

その時に忘れたのか、フィルムが一巻映写室に置いてあった。

「大事なフィルムですもんね。それを忘れるなんて、早く気づいてよかったです。静岡まで届けに行かなければならないところでした」

「本当にそうだな。塚本はどこか抜けているから心配だ」

二人で顔を見合わせて微笑む。

「持っていてくれ。フィルムに傷がないか確認したいが手袋を持ってきていたか……」

千秋さんからフィルム缶を手渡されて受け取る。

フィルムを素手で触ると指紋がついて取れなくなる。だから映写技師は手袋をつけないとフィルムを触れない。

千秋さんが自分の鞄の中から手袋を探している間、今何時なのかと思って借りている銀の懐中時計を開く。

塚本さんとの待ち合わせ時間が……。

そう思った時に、懐中時計の盤面を覆うガラスにきらりと何かが映る。

――え？

勢いよく天を仰ぐと、空にはあの日見たのと同じような飛行機が音もなく浮かんでいる。遠いと思った時にはすでに、急降下して落下するように飛んでくる。

その時に、飛行機の下に備え付けられている銃口がこちらを向いていることに気づいた。

「千秋さん……！」

思わず名前を呼んだ。その瞬間、あまりに近い場所に飛んでいる無数の飛行機の姿が浮かび上がる。

一機じゃない。蟬の声で、こんなに傍にいることに気づかなかった。

あ、駄目だ。

千秋さんが私に向かって手を伸ばしている。

この人は、私をかばって命を落とす。

——三峰恭介は、爆撃に遭って命を落とす。

その原因が私だったら？

判断は一瞬だった。

私、どうしてもあなたに生きていてほしい。

終戦まであと数日だった。熱海は平和だから、このまま逃げ切れると思っていた。

でも、運命は私たちを許してくれない。

ああ、恐らく私、今日のこの日のために時を超えたんだ。

すべてがスローモーションで展開される。

伸ばされた手を振り払い、逆に突き飛ばす。

その瞬間、すべてを白い世界に放り込むように私のすぐ傍で閃光《せんこう》が放たれた。

感じたこともない鋭い衝撃が、自分の体に襲いかかる。全部終わりだと訴えるように。

「――き、雪っっ！　おい、雪っ！」

何度も呼ばれて、ぼんやりと瞼を開ける。

すると千秋さんの瞳から涙が落ちて、私の頬を滑って落ちていく。

「よかっ……た。馬鹿かお前は！　あれほど俺をかばうなと言ったのに！」

強く抱きしめられて、状況が理解できずに混乱する。

「千秋さん。怪我は……」

「ない！　お前は……！」

カシャンと音がする。自分の手からさっきまで開いて見ていた星空の懐中時計が滑って地面に落ちる。

「俺の時計……」

千秋さんが拾い上げると、文字盤を守るガラスが割れて半分地面に落ちているのに気づく。

「銃撃から、雪を守ってくれたのか……」

その言葉に、千秋さんから懐中時計を受け取ってぼんやりしたまま眺める。

弾丸は私に当たらず、懐中時計に当たった。私には傷一つない。

もしかして、助かった？

これで完全に、あの運命を回避できた？

私はこのままこの場所で、千秋さんと一緒に生きていける？

「よかった……。千秋さんが無事で……」

「よくない。俺はお前を失ったら……」

涙声の千秋さんにそっとすり寄る。

「私を失っても生きてください。夢を追って、最期まで諦めないで役者であってください。私はどこにいてもずっと千秋さんのことを応援していますから」

涙が溢れてうまく千秋さんの顔が見えない。

私の手の中の懐中時計の針がぐるぐると時を絡めるように一気に回り出していた。

あの時と、同じ。そう気づいたら、悟っていた。

「雪……？」

「私、フィルムの中で千秋さんと千年先も生きていける」

「何を言っている」

「あなたに出会えてあなたを好きになって、愛されて、本当に幸せです。もう二度と会えなくても、それでもこの奇跡に感謝したい」

懐中時計を持つ自分の指先が薄く透き通っていく。

それを見て驚いたのか、千秋さんが私を掻き抱くように強く抱きしめてくれる。

「雪、待て！　待ってくれ……！　俺は……！」

「お互いに命を全うしたら、またどこか次の世界で会いましょう」

今度こそ平和な世界で、銃撃に怯えることなく、誰もが自由に自分を表現できる、そんな夢みたいな世界でもう一度。

「ありがとう、千秋さん。私、あなたが――」

「雪――！」

好きです、と呟いた声が届いたかわからない。

ただもう、自分が消え失せる瞬間も、千秋さんがこの先も幸せに生きてほしいと願っていた。

終章　エンドロール

「――さん。……きさん。雪さん！　起きて！」

その声に、ハッと意識を取り戻す。驚いて目を瞬くと、見慣れた館長が呆れたように私を見下ろしていた。

「えっ、え……館長？」

「うん、どうしたの？　深夜になっても映画館の電気が点いていたから慌てて見に来たら、雪さんが寝ているから驚いたよ。それにしてもその服何？　コスプレ？」

まったく状況が呑み込めなくて、辺りを見回す。

私が座っている座席のシートの色は紺だ。えんじではない。壁の色も違う。ここは紛れもなく、私が働いている六等星シネマ――。

夢だった？　全部私が見ていた都合のいい夢？

でも私が今着ているのは、もんぺだ。

手を開くとガラスが半分割れたあの懐中時計が握られていた。

もう針は動かないけれど、あの時代に行く前とは違って、銀は曇りなく輝いている。

全部夢だなんて、思えない。思いたくもない。

ただ戻ってきてしまったという絶望で胸がいっぱいになる。

あのあと千秋さんは――。どうなったのか気になって勢いよく立ち上がると、自分の膝の上から何かが転がって落ちた。

「あれ？　フィルム？　35㎜なんて、上映する予定があったかな？」

館長が、フィルム缶を受け止めて私に返してくれる。

これは紛れもなく熱海駅で千秋さんから私に渡されたフィルムだ。

千秋さん――。

わっと涙が溢れ出す。フィルムを抱えたままその場にへたり込み、劇場の椅子にもたれかかるようにして声を上げて泣く。

館長がいたとか、どうでもよかった。ただもう、泣くことしか私にはできなかった。


「あの……館長は三島家とどんなつながりが……？」

私が落ち着くまで、館長は劇場の中にいてくれた。心配そうにおろおろしていただけだったけれど、それでも嬉しかった。

「え？　三島家？　突然どうしたの？」

「教えてください」

私が切羽詰まった顔をしていたのか、館長は傍のシートに座る。

「僕は三峰恭介の姉の孫だよ」

小夏さんの、孫――。

「それって、一虎くんの息子、ですか？」

「ええ？　父のことを話したことあったかな？　そうだよ。僕の父は一虎だ。母はるいって言うんだけどね」

思わず両手で顔を覆った。

「どうしたの雪さん。大丈夫？」

「でも、館長の名前は三島とは違うじゃないですか……」

自分の声が涙に滲む。

「三峰恭介の姉は、三島家を出て菊地家にお嫁に行ったんだよ。だから僕は三島じゃなくて菊地なんだ。騒がれるのが嫌で秘密にしていたんだ。ごめんね」

そういえばそうだった。小夏さんはお嫁に行ったんだった。

ああ、もう混乱している。

そんな。まさか館長が小夏さんの孫だなんて……。

「一体どうしちゃったの、雪さん」

「あの……、あの私、信じてもらえないかもしれませんが、私今まで過去にタイムスリップしていて――」

もううまく考えられなくなってしまっていて、混乱のままに真実を語る。

館長は、笑うわけでもなく、急に黙り込んでしまった。その沈黙に、不安になって館長を見上げると、館長は見たこともないほど神妙な顔で呟いた。

「そういうことだったのか……」

「え？」

「実は、ばあちゃんや父さんたちが不思議な話をしていたんだ。戦時中に不思議な女性が現れたって。彼女の名前はユキ、って言っていたけど、もしかして——雪さんのこと？」

どうしようもない感情に飲み込まれる。言葉にならない動揺が涙に姿を変え、ぼろぼろと落ちていく。涙を拭うことも忘れて、何度も何度も大きく頷く。

「そうです。そうなんです……！　私です！　あの、千秋さんは⁉　千秋さんは、どうなったんですか⁉」

思わず館長に詰め寄る。館長は落ち着いて、と言って私をたしなめてくれる。

「千秋、って、三峰恭介のこと？　そんなこと君が一番よく知っているでしょ？　八月三日の熱海駅前での米軍機の機銃掃射に遭ったけれど、奇跡的に助かったよ」

八月三日。それは紛れもなくさっきまで私が過ごしていた時間。

「熱海駅前の機銃掃射……。史実なんですね……」

「うん。熱海は戦争で大きな被害は受けなかったのに、それに巻き込まれていたなんて運が悪いよね」

本当に運が悪い。終戦まであと十二日だったのに。

「詳しくはわからないけれど、戦争中に目の前で恋人を亡くしたショックで、戦後数年は熱海で療養していたみたいだ。そのあと数本映画の主演を務めたなあ。遺作の『エンドロール』は、彼のキャリアハイの名演技で語り継がれているでしょ。三十手前で持病が悪化して次の作品の撮影前に降板して、療養するって言って、熱海に戻ってきてそれきりだったよ」

千秋さん――。遺作が変わっている。『天を駆ける』じゃない。

約束を守ってくれたんだ。

私と約束したとおり、演じることを、生きることを諦めなかった。

どうしようもなく、心が震える。

ずっと傍にいたかった。その活躍を傍で見守りたかった。倒れた時に、この手で支えたかった。

でももう叶わない。

少し前まで一緒にいたのに、物語は唐突に終わってしまった。

まるでチェンジマークで切り替わらなかった映画のように、ぶつりと唐突に切れた。

違う映画のフィルムを強引に繋ぎ合わせて、ここからはまったく違う一人きりの物語が始まった。

もう戻れない。

そう悟った時、言い知れない悲しみが濁流のように襲ってくる。

時を超えて一緒に持ってきてしまったフィルムを拠り所にするように、ぎゅっと強く抱きかかえる。

「ねえ、そのフィルム、もしかして戦時中に撮った、喜劇のフィルムじゃない？」

「……え？」

「父さんたちが言っていたんだ。戦時中にみんなで一緒に映画を撮ったんだと。《雪》って子も一緒に出演したって、よく楽しそうに話をしていたよ」

全部終わったと思っていたけれど、夢はまだ続いている。

ここで終わりじゃない。

「三峰恭介がさ、ばあちゃんと春市さんに言っていたみたいだ。いつか雪が失ったフィルムを持って現れるから、その時に繋げて上映できるように、他のフィルムを保管しておいてくれ、って」

「千秋さんが……」

「うん。結局その喜劇、一番重要なシーンが無くなっちゃったから、お蔵入りになったみたいだ。塚島《つかじま》監督は大層悲しんだらしいよ」

「え？　塚島監督？　いえ……、撮ったのは塚本順次郎さんという方で……。え、塚島監督って、塚島秋二郎《しゅうじろう》監督？　あの、世界三大映画祭を制した……」

「ああ、そうだよ。塚本は活弁士の時の名前でしょ？　戦後、監督業以外に活弁士や声優としても活動していたけど、確か三峰恭介が亡くなったあとに名前を変えて、本格的に監督に転身したよね。塚本は本名で、塚島は監督名、つまり芸名だよ。本当に多彩な方だったなあ」

し、信じられない。あの塚本さんが……。カンヌ、ベルリン、ヴェネツィアで最高賞を受賞する大監督になっていただなんて……。

もちろん私も観たことがある。そのどれも非戦や反戦を掲げた作品だった。

あの日の東京大空襲は塚本さんにどれほどの影響を与えたのか、今ではよくわかる。でも、それを乗り越えての成功に、胸が熱くなる。

それにしてもその《塚島秋二郎》という芸名、恐らく千秋さんを偲んで使わせてもらったんだろう。塚本さんらしいよ、本当に。

「塚島監督は三峰恭介と二度一緒に仕事をしていて、二度目は三峰恭介の遺作になった『エンドロール』だったけれど、もう一本にあたる自分の初監督作品は、戦時中に三峰恭介と撮った作品だとずっと公言していたのを雪さんだって知ってるでしょ」

そんな話、私は知らない。私がタイムスリップする前まで聞いたこともなかった。

何かが変わった。それはわかる。

わかるけれど、もう私にはどうしようもできない過ぎ去ったものでしかなくて、ひたすら悲しくなる。

「……結局フィルムの一部がなくなって上映できなくなって、幻の作品だと言われているけれど、塚島監督は出演料代わりにと、三峰恭介に他のフィルムを譲ってくれたみたいだ。だから実はその映画、うちの映画館の地下で保管してあるよ」

「ほ、本当に……？」

「ばあちゃんたちが亡くなったのはもう二十年くらい前だけど、本当に最後まで雪さんが現れて映画を上映できるのを楽しみにしていたんだよ」

小夏さん、春市さん……。もう一度会いたかった。お別れも言えないまま現代に戻ってきてしまった。

「僕はしばらく35㎜の映写機を触っていないから不安だけど、君はフィルムを繋げて上映できるね？」

その言葉に強く頷く。

上映の仕方は、全部千秋さんに教わった。

大丈夫、私は上映できる。

ほら、もう全部終わりじゃない。

まだ、続いていくんだ。

古ぼけたフィルム缶を開ける。

地下室に置いてあったのがよかったのか、定期的に春市さんが管理をしてくれていたのか、奇跡的に劣化も少なった。

一コマずつ傷がないか、このまま上映できるか、フィルムをルーペで覗き込んで確認していく。

目に映る、千秋さんの姿。塚本さん、豊代ちゃん春市さん、小夏さん。一虎くん、るいちゃん——。

そして——、私。

涙が込みあがって、ルーペの中の世界が滲む。

フィルムに涙が落ちては困ると、必死で堪えていたけれど、もうどうしようもなくていつかそうしたように壁に背を預けてへたり込む。

どうしようもなく幸せな日々は、もう二度と戻らない。

ほんの少し前までいたあの場所は、どんな場所よりも遠い。

フィルムの中に閉じ込められて、でも同時に、永遠になった。

一緒にいられなくても、私も千秋さんも、みんなも、この映画の中で生きている。

——フィルムの中では千年経っても共にいられる。そうだろう？

來宮神社で、千秋さんがそう言ってくれたのを思い出す。

一番幸せな世界は、今もまだフィルムの中で輝いている。

このフィルムを八十年後の今日まで守って、ここにいる私まで想いを繋いでくれたみんな、そしてこの熱海という場所に感謝したい。

涙を拭って、もう一度ルーペでフィルムを覗いていく。

映画は終盤に差しかかり、不意打ちで撮られたあのシーンがやってくる。

塚本さんに届けようとして私が持ったまま時を超えたフィルムに収められていたのは、このシーンだった。

『――またお会いできる日まで、私は精いっぱい、毎日楽しく生きていきます。だからあなたも、私と同じように、楽しく幸せに生きてください』

私が言った台詞を、今でも鮮明に思い出せる。

いつかこの身が滅んで、またもう一度出会える日まで、私は楽しく生きていく。

千秋さんは最期まで役者であり続けた。だから私もあなたの映画を上映しながら、精いっぱい生きていく。

映画の最後のエンドロール。NG集のように、日々の日常の風景が納められていた。

いつの間に撮っていたのか、私が映画館で受付をしていた。千秋さんが映写機のボタンを押すところ、豊代ちゃんと春市さんが映画のチラシを見ているところ。

そして、――千秋さんと私が幸せそうに笑い合っているところ。

このシーンのあと、美しい満天の星空が映し出される。これは恐らくあの高台の広場から見える星空。

夜明けなのか徐々に星々が消えていき、代わりに映し出されたのは――。

――『星降るシネマの恋人』。

これがこの作品のタイトル。

それはまるで千秋さんそのもの。そう思ったらじわりと瞼が熱くなる。

タイトルが消え、黒い色のコマが続く。

終わった――。

塚本さん。映画、面白かったよ。そう目の前で伝えたかった。

本当にありがとう。映画を撮るって言ってくれて。あとは、映画館で働く私たちが、その想いを引き継いで上映していく。

ルーペから目を離し、息を吐く。すると、まだフィルムが残っていることに気づく。

黒い色のコマが続いたあと――。まだ終わっていない。

慌ててもう一度ルーペをフィルムに押し当てて覗き込む。

すると、そこには千秋さんが映っていた。何か話している。

こんなシーン、あった？

母屋の縁側に腰かけている。千秋さんは少し痩せているみたい。

え――。

慌ててフィルムを映写機にかけてスタートさせると、カタカタと映写機が鳴る。

『――雪。お前はこの映画をどこかで観ているだろうか』

思わず、両手で自分の口を押える。そうしないと、千秋さんの名前を呼んで、叫び出しそうだったから。

『必ずいつかもう一度あの場所で雪と再会する。だから――生きろ。この物語は絶対にハッピーエンドだ』

そう言って、千秋さんは微笑む。いつか見たのと同じくらい、優しい笑顔で。

これは、千秋さんから私へのラブレター。

本当に、ハッピーエンドだよ。

もう二度と会えなくても、もう一度再会すると望んでいてくれたことを知れて、私に生きろと言ってくれて、それだけで私は……。

いつか私がすべてを終えたら、またあの星が降る高台の広場の上できっと会える。

私に、生きる力をくれて、ありがとう。

あなたを愛して本当に幸せだった。

＊　＊　＊

「雪さーん！　これどこに置きます？」

「雪さん、今度のゲストの映画解説者なんですけど……」

目が回るほど忙しい。

あれから一年経った。

季節は夏真っ盛りだ。

六等星シネマは、元々三か月後に閉館する予定だった。それはタイムスリップする前と変わらなかったけれど、館長に一年時間がほしいと直談判《じかだんぱん》した。

やっぱりこの場所がなくなることは私には一切考えられなかったし、私も千秋さんと約束したように、全力で生きていたいと思ったから。

毎日企画を立ち上げて、ＳＮＳにビラ配りに、何でもやった。睡眠時間なんて、どうでもよかった。

「雪さん、取材の時間です！　記者さんがいらっしゃいました」

「はーい！」

バタバタと六等星シネマの裏庭に移動すると、若い男性記者に会釈される。

「こんにちは、今日はよろしくお願いします」

「こちらこそお願いします」

「では早速お伺いしたいんですが、一週間後に開催される、熱海映画祭の副実行委員として意気込みをお聞かせください」

本当は館長が実行委員長だけど、忙しすぎるから挨拶だけやるよと言って、私が副実行委員として実際にイベントを任されてしまった。そのせいで、本気で忙しい。

六等星シネマだけじゃなく、近隣の映画関係者や熱海の人々と一緒に協力して開催するのは難しいけれど、楽しくて充実している。

「そうですね、多くの来場者の方が熱海を訪れてくれる予定だと聞いています。私も国内外の多くの映画を上映できる機会ですので、楽しみにしています。近隣店舗の協力でごはんつき上映会も開催しますので、ぜひご参加ください」

「それは楽しみですよね！　ところで、熱海映画祭で、六等星シネマの百周年の記念映画として、三峰恭介が主演した塚島秋二郎監督の幻の初監督作品である、『星降るシネマの恋人』を初上映するとお聞きしました。戦中の作品ながら斬新すぎるストーリーで、映画史が変わるとすでに話題ですが、こちらについてお聞きしてもいいですか？」

「はい。もちろんです！　この映画は……」

しばらく、映画の魅力について語っていく。明るくて、人々の心に火を灯すような温かい映画。それに尽きると話していく。

「ありがとうございます。六等星シネマはあの三峰恭介の生家としても知られていて、昨年はレトロスペクティブで特集を組まれて、三峰恭介が再評価されるきっかけになったとお聞きしました。雪さんの映画評が特に人気で、若者に興味を持たせることに成功したそうですね」

「若い方がいらっしゃってくださるのは本当にありがたいことですし、三峰恭介の再発見に繋がって本当に幸せです。六等星シネマも閉館の危機はありましたが、彼のおかげで乗り越えられました。彼には頭が上がらないですね。彼は紛れもなく私の、そしてこの映画館の救世主です」

「ふふ。雪さんの三峰恭介への愛は本物ですね。そんな雪さんにお伺いしたいのですが、三峰恭介の魅力とは？」

そんなの、たくさんある。

口を開いたら、止まらなくなるほど。

「そうですね……」

今でも、いとおしい。あの日々も、隣で笑ったことも、すべて。

「三峰恭介は――、エンドロールが終わっても、永遠に誰かの心の中で生き続ける、そんな素晴らしい俳優です」

いつまでもその輝きは失われることはない。

百年経っても、千年経っても。

あなたは、フィルムの中で生き続けている。


「雪さん！　どうしましょう！　上映時間が押してます！」

「大丈夫、次の客入れまでまだ時間はあるから！」

「雪さん、トークショーに出演予定の映画評論家のゲストが到着していなくて……」

「ええ？　わかった電話してみるね！」

慌てて電話すると、新幹線に乗り遅れてしまったけれど、ぎりぎり映画が終わるまでには間に合うということだった。大丈夫、確かにまだ時間はある。落ち着け、自分！

いろんなトラブルが一気に襲いかかって、正直パニックになる。

その時ふと、机の上に置かれた今回の映画祭で上映する作品のチラシたちが目に入り、その中から一枚手に取る。

――監督・塚島秋二郎。

いつか見た笑顔で塚本さんがチラシの中に写っている。

「……おじいちゃんになっちゃって」

ふふっと笑う。

塚本さんは声優史に残るほどの名声優、そして大監督として名を馳《は》せ、大往生し、十五年ほど前に亡くなっていた。

塚本さんは、千秋さんが亡くなるまでずっと交流していたそうだ。親友だと後年何かの雑誌で語っていた。

慌ただしい中でも、六等星シネマの中にいると、今でもあの時のことを鮮明に思い出す。千秋さんがいて、春市さんがいて、塚本さんや小夏さん、豊代ちゃんがたまに映画を観に来る――。

豊代ちゃんは、戦後に春市さんと結婚したそうだ。館長の話だと、豊代ちゃんの猛アタックの末、周囲の反対を押し切っての結婚だったらしい。子宝には恵まれなかったけれど、塚本さんに負けないくらいの大往生で、本当についい十年ほど前までこの映画館を切り盛りしていたそうだ。

そういえば子供の頃に豪快なおばあさんがチケットを売っていたのを思い出す。あれが豊代ちゃんだったのかななんて思うと、どうにも嬉しさと切なさで胸がいっぱいになる。

るいちゃんのお兄さんの満さんは無事に戦場から戻ってきて、戦後もるいちゃんたちと熱海に住んでいたそうだ。るいちゃんは一虎くんと結婚したし、喜美ちゃんも戦後に颯田さんと会って結ばれたそうだ。みんなそれぞれ幸せに生きていたのを知ることができて、本当に嬉しくなる。

「――雪」

呼ばれて現実に引き戻されると、そこにはお父さんとお母さん、お姉ちゃんがいた。

「来てくれたの？ 仕事は？」

「娘の晴れ舞台だ。今日くらいは他の医師に任せてきた。それにオレは元々三峰恭介のファンだからな」

「そんなの聞いたこともないよ」

「言わなかっただけよ。お父さんと初めてデートしたのも、この六等星シネマで三峰恭介の映画だったわ。何を観たか覚えてる？ 忘れたなんて言わせないけど」

しどろもどろになっているお父さんを眺めながら、初耳、と思っているとお姉ちゃんが二人ののろけ話なんて聞きたくないと言って苦笑いしている。

「今日は外で上映するの？」

「うん、そう。六等星シネマは座席数が少ないから、映画館の裏の高台の広場にスクリーンを立てて上映するの」

前売券は一瞬で完売し、クレームが殺到したから苦肉の策だ。外で観ていても支障がないくらいの気温だからと提案したらすんなり通った。

「快晴でよかったね。私たちも楽しみにしているから」

「うん。ありがとう。楽しんでいってね」

私はこの時代に戻ってきてから、なるべく家族と交流するようにした。

早く帰れた時に夕飯を作るようにしたら、徐々に食卓を囲むようになった。

千秋さんから教えてもらった数々の料理は、今でもよく作る。和食は体にいいと喜んで、お父さんは率先して家で食べるようになった。するとお母さんもお姉ちゃんも包丁を握るようになった。

私や家族のために、料理をしてくれる。

お母さんがまたオムライスを作ってくれた時、とても嬉しくて、どうしようもなく泣いてしまった。

「雪さーん、そろそろ時間ですよ。映写お願いします！　お客様入りました！」

「わっ、ごめん！」

慌てて高台の上の広場に向かい、お客様の後方に設置した映写機の傍にスタンバイする。

ポケットからあの星空の装飾が施された銀の懐中時計を出して、時間を測り、映写機をスタートさせる。

ガラスが割れていたこの時計は、館長が私に譲ってくれた。そのあとに修理に出して、今は何事もなかったように普通に動いている。

もちろん何度ネジを巻いても、もうタイムスリップすることはない。

考えても、一体何だったのかわからない。でも、千秋さんはこれは両親から贈られたものだと言っていた。だから早くに亡くなってしまった千秋さんのご両親からの、素敵な魔法だったのだと思うようにしている。

「雪さん！　まずいです！」

映画が終盤に差しかかり、最後のチェンジマークの切り替えを終えた時、急に肩を叩かれた。振り返ると、実行委員の一人である女性が青い顔をしていた。

「実は、このあとの舞台挨拶の司会が急に体調を崩してしまって……！」

「えっ、司会の人は大丈夫なの⁉」

「はい、他のスタッフが病院に運びました！　どうしましょう！」

「私が司会をやるよ！　ゲストは……」

「あっ、今来ました。よかった、間に合った！」

「ごめん、ごめん。新幹線に乗り遅れちゃって！」

テレビでよく見る中年の映画解説者の野木《のぎ》さんが、スタッフに連れられて、わたわたと私たちのもとに駆けてくる。

「野木さん、こちらこそ申し訳ありません。実はトラブルがありまして……」

司会者が変更することを伝えると、「全然構わないよ、僕一人で話すから、君は相槌を打ってくれているだけでいいよ」と朗らかに笑ってくれてほっとする。二人で打ち合わせをしている間に、エンドロールが始まっていた。映画の止めを別の映写技師に任せて私と野木さんはスクリーンの上手《かみて》側に移動する。

エンドロールのNG集を眺めていると、野木さんはぼそりと呟く。

「それにしても、君って『星降るシネマの恋人』に出てた俳優さんとそっくりだよね」

「あ、あはは。そうですかね……」

思わず苦笑いする。追ってくる視線から逃れるように俯くと、客席から万雷の拍手が鳴り響いた。ライトがわっと灯されて、映画が滞りなく終了したことを知る。

——終わった。

胸を撫で下ろしたのもつかの間、これから舞台挨拶が始まる。

「では、よろしくお願いします」

野木さんに向けて会釈したあと、気を引き締め直して、マイクをオンにして登壇する。あまりに大きな拍手で迎えられて、緊張で体が強張った。でも、ちょうど私の家族が大きく手を挙げて拍手してくれているのが目に入って、思わず顔がほころぶ。

ゲストである映画解説者の野木さんの紹介をして、舞台上に呼び込んだ。

『どうも、こんばんは。野木です。今日はなんと新幹線に乗り遅れてしまい、本当についさっきこの六等星シネマに着いたばかりなんですよ。間に合ってよかったです～』

あははっと朗らかに笑った声につられるように、お客様も笑い声をあげる。会場の空気が一気に和むのを感じて、ようやく自分も緊張から解放された。

野木さんの話を聞きながら、相槌を打つ。さすがプロ。私があれこれ質問をしたり、解説を入れたりしなくても、順調に舞台挨拶が進んでいく。

よかった。何とかなりそう。資料の下に隠し持った銀の懐中時計を開くとあと十分ほどで終了の予定時間になる。

『──では、次の上映も迫っておりますので、最後に観客の皆様にお伝えしたいことを……』

『え？　もうそんな時間？　この映画はとても魅力的だからついつい喋りすぎちゃったなあ。実は今日、僕が新幹線に乗り遅れなければ、友人と一緒にこの映画を観てから登壇するつもりだったんですよ。先に来て観ていると言っていたけれど、会場にいるのかな？　すごい俳優さんだから、きっとみんな喜ぶと思うんだ。よければ紹介したいんだけど、いるかな？』

突然のスペシャルゲスト？

ちょっと待って、聞いていない。

笑顔を頬に貼り付けて野木さんに『どんな方ですか？』と質問する。でも野木さんはその人を舞台の上から探すことに夢中になっていて、答えてくれない。

どうしよう。知らない俳優だったらまずい。

登壇しているから、無数の目がある中でスマホを取り出して調べることもできないし、とにかく野木さんに合わせるしかない。

ああ。もう、先に教えておいてほしかった……！

ひやひやと背筋が凍っていく。このままあと十分で無事に舞台挨拶を終えられると思ったのに、トラブル続きで頭がくらくらする。

『おーい！　どこ？　いるー？』

目元に手でひさしを作りながら、野木さんはきょろきょろと客席を見回している。しばらくざわめきが会場内に満ちていた。野木さんはさらに『いないのー？』と言って、探している。すると観念したように、一番後方から、誰かが立ちあがる。

私が立っている舞台を照らすライトが眩しくて、客席がうまく見えない。

『あ！　いたいた！　よかった！　――実は僕、三日前までアメリカにいたんですが、アメリカの映画祭で彼に偶然会って、熱海映画祭に出るから日本に帰ると言ったら、この映画を是非観たいからと、急遽一緒に帰国したんですよ』

ゆっくりとその人はこちらに向かって歩いてくる。

黒いTシャツを着て、ダメージジーンズを穿《は》いた、私と同年代くらいの男性だった。帽子を目深にかぶっていて、顔はよく見えない。

——でも。

心臓が、一気に跳ね上がる。

彼以外の周囲の景色が、光に埋もれて一切見えなくなる。

銀の懐中時計を握る私の手が、勝手に小刻みに震え出す。

『——彼は単身渡米して、現在はアメリカで俳優活動をしているんですが、初主演に抜擢された映画がアメリカで来月公開になるんです。その作品が、すでに評論家の間で本年度の賞レースに絡んでくると言われているんですよ！　来年の春にはニュースが彼一色になると思います。今日ここにいる方々は、彼に会えて本当にラッキーですよ！』

帽子を目深にかぶった彼は、ゆっくりと登壇する。そして私に向かって手を差し出す。

「——マイク」

そう言われて、我に返る。

「え、あ、はい！」

自分が持っていたマイクを慌てて差し出すと、懐中時計のチェーンがマイクに引っかかって、時計を落としそうになる。それを彼が受け止めてくれた。

一瞬、彼の手の中の懐中時計が淡く光ったように見えて、目を瞬く。

「す、すみません……。ありが……」

「この時計、まだ持っていてくれたんだな」

彼がぎゅっと時計を握りしめたあと、私の手に、懐中時計を乗せてくれる。

え——。

野木さんが彼を指さし、興奮したように声を張り上げる。

『アメリカの批評家たちは彼のことをこう評価しています。——かの大俳優、三峰恭介の再来、と！』

その瞬間、客席に向かって彼が目深にかぶった帽子を取る。

『——こんばんは。今日は急な登壇に、自分が一番驚いています。正直、目立つのが嫌いで、野木さんから呼ばれていましたが、いないふりをしていようかと思っていました。すみません』

わあっと、会場がどよめく。悲鳴に似た、聞いたこともないような歓声と熱気が、一気に押し寄せて、思わずよろめいた。

どういうことかわからない。何一つ理解できない。現実と思えない。

何もかも終わったことだと思っていたのに、まさかこんな——。

呆然と立ち尽くす私を横目に、しばらく二人が映画について話したあと、無事に舞台挨拶が終わり、野木さんは客席に向けて手を振りながら下手側に捌けていく。

私を見下ろす彼と目が合う。そうしていつか見た笑顔のままに微笑んだ。

「……だから言っただろ？　この物語はハッピーエンド、だって」

その瞬間、私たちを照らしていたライトが消えて舞台上が暗くなる。

頭上に光る星々はあの頃よりも数を減らしたけれど、確かな光で強く輝いていた。

*

*

*

「ほら、三年前に熱海映画祭に飛び入りで登壇したあの俳優さん、アメリカのすごい賞を受賞したみたいよ？」

「ああ、知っているわ！ 三峰恭介によく似たあの子ね。熱海映画祭に来てくれたあとも何かの賞を獲って話題になっていたけど、今回の賞は、アメリカで一番すごい賞でしょ？ それで主演男優賞を受賞したって、びっくりしたわ。毎日ワイドショーも彼一色よね。私たち、あの時会えて、本当に幸運よねえ」

「本当に映画祭に行ってよかった。野木さんに感謝ね。また彼に熱海に来てほしいわ」

「無理よ、無理。あんなに大きな賞をもらっちゃったら、アメリカでひっぱりだこでしょ。熱海はおろか、日本にも帰れないわよ」

「それはそうだわ！ ますますあの時に見れてよかった～」

映画館を出ていくシニア世代の女性のお客様が、そんな話をしているのを耳にする。

野木さんが言っていたとおり、熱海映画祭の翌年の春を迎える頃には、彼はアメリカで賞を獲り、ニュースは彼一色になった。

そしてあれから三年経った今年、彼はさらに大きな賞を受賞した。

主演男優賞を受賞した時、六等星シネマの事務所のテレビで見ていたけれど、トロフィーを掲げる誇らしげな彼が映ったら思わず泣いてしまった。

誰よりも役者だった千秋さんと、図らずも重ねてしまって。

來宮神社で千秋さんは海外でも仕事がしたいと言っていたけれど、それを代わりに叶えてくれたような気がしてすごく嬉しかった。

「――雪さん、昨日も宿直室に泊まったの？」

振り返ると館長が呆れ顔でため息を吐く。

「すみません、作業が終わらなくて深夜になってしまったので、帰るのが面倒で……」

「僕もすぐ傍に住んでいるから、別に泊まるのは構わないよ？　仕事に励んでくれるのはありがたいけど、せっかく一人暮らしをしているんだから、家に帰りなさい。ほら、今日はもう上がって」

館長に促されて、渋々仕事を切り上げる。もうちょっと残業したかったけれど、仕方がない。片づけをして六等星シネマを出ると、まだ夜になっていなかった。日が残っている時間に帰ったのはすごく久しぶりだ。

熱海映画祭が終わったあと、しばらくして私は家を出て一人暮らしを始めた。あの彼の活躍を耳にするたびに、私も自分の足でしっかり立って、前向きに生きていきたいと思うようになったから。まずは自立しようと家を出たのはいいものの、実家にいた時よりも郊外にマンションを借りたせいか、次第に通勤が面倒になってしまった。

忙しくて帰るのは深夜だから寝るだけだし、家に帰ってもどうせ一人だからと思ったら、いつの間にか週に三日ほど宿直室で寝泊まりするようになっていた。

宿直室は、あの時代にいた時と同じ部屋だから、なつかしいというのもある。

館長に、家賃を払うから宿直室に住みたいって言ってみようかな……。

ううん、でも……。

悩みながらもバスに乗り、車窓から熱海の町をぼんやりと眺める。

夕暮れが夜を連れてきていて、マジックアワーが訪れる。こういう時、寂しくなる。

刹那の間にしか現れない、淡い桃色に染まった熱海の街並みを、大好きな人と見たい。

そう思うことが叶わないことだと理解しているから、切なくて悲しい。

バスを降りて、肩を落としながらマンションに辿りつき、自分の部屋のドアを開ける。

すでに夜が訪れていて、玄関のチェーンをかけたいのに暗くてどこにあるかわからない。手探りで探していると、急にパチッと音がして玄関が明るくなった。

「――帰ってきたか。早かったな」

夜空のような紺のスウェット姿で、眠そうに目を擦りながら廊下に現れたのは、大好きな人。思わず目を丸くする。

「えっ……⁉　い、いつ帰ってきたんですか⁉　まだアメリカじゃ……！」

「三時ごろに羽田に着いて、そのまま新幹線に乗った。時差ぼけで眠くて、お前が帰ってくるまでひと眠りするかと思っていたら、ちょうど帰ってきた」

「もう！　アメリカを発つ前に教えてくださいよ！　最近六等星シネマで寝泊まりして

いたから、すれ違いになるところでした。マンションに帰ってきてよかった！　でも冷蔵庫に何も入ってないから夕飯も作れないですよ？」

慌てて靴を脱いで部屋に上がる。荷物を置こうとリビングに続くドアを開けると、テーブルの上に乗った黄色いオムライスが二つ、目に飛び込んでくる。

いつか食べた時と同じように、卵がふわふわしていて、すごくおいしそう。

「つ、作ってくれたんですか？」

「もちろん。俺以外に誰が作る」

思わず衝動的に彼に抱きつく。変わらない優しさに、嬉しくて堪らなくて、もう駄目だった。彼はそんな私を優しく抱きしめ返してくれる。

「食うぞ、と言いたいところだが、先に言うことがあるだろ？」

「言うこと……？　あ！　主演男優賞受賞おめでとうございます！　さすがだって思いました。でも私、絶対獲ると思って……」

「そうじゃない。そんな言葉、ここに来るまでにいろいろな人から言われてもう聞き飽きた。——お前にしか俺に言えない言葉があるだろ？」

私にしか言えない言葉。

そっと彼の耳元に、唇を寄せる。

「……おかえりなさい。それと、ただいま。今日も大好きです」

呟くと、彼は満足そうに微笑む。

「ただいま。雪もおかえり。――しばらく俺は日本にいる。ここ最近ずっと帰ってくることができなかったからな」

「え？　しばらくってどれくらいですか？」

いつも数日帰ってきて、すぐにアメリカに戻ってしまう。忙しい仕事のスケジュールの合間を縫って、短い間だけでもわざわざ日本に来てくれることは本当に嬉しい。

しばらくって一週間くらいかな。寂しいけれど、でもそれでも――。

「賞を獲って、アメリカではやりきったのを感じた。だからあちらでの仕事は当面全部断った。日本に拠点を移す」

「……え？　日本にって、どうして」

「俺は、役者としてどうしても超えないといけない男がいるからな」

誰とは言わない。でも、伝わってくる。

同じじゃない。違う人。でも、同じ人。

今日までいろんな葛藤があった。それは私だけじゃなくて彼もだろう。

再会してすべてが順調だったわけではなく、また恋人になるまで一年以上かかった。

でも、それでも一緒にいることを選んで、今日がある。

「じゃあ、……今よりもっと一緒にいられるようになるということですか？」

尋ねた私を見下ろして、彼は微笑む。

「今よりもっと、じゃない。ずっと、だ」

ずっと。

その言葉を聞いて、嬉しさのあまり彼の胸にすり寄るように頬をつける。

「久しぶりに会ったんだ。――まずは口づけていいか？」

いつかのように甘えるように尋ねられて、幸福感で満たされる。

「また、紅が移るから駄目だと言うのか？」

一番幸せな、あの瞬間――。

「言いません……。私、あなたが早く帰ってくるのを、待っていましたから」

私が愛しているものは、全部まがいものだ。

でも、あなただけは真実。

何もかもが変わってしまっても、星々のように変わらず輝き続けるものがある。

「好きだ。――雪」

重なる唇の熱が、物語っていた。

エンドロールのその先も、私たちの物語は続いていくのだと。


【終幕】

あとがき

梅谷百《うめたにもも》です。

『星降るシネマの恋人』をお手に取っていただきまして、誠にありがとうございます。

ついに念願の映画を絡めた作品を書くことができました！　小説を出版させていただくようになってからぼちぼち十五年を迎えますが、それと同じくらい映画関係のお仕事にも携わってきたので、いつかは映画を絡めた作品を書きたいと思ってきました。

今回この作品を書くことになり、いろいろ思い返してみると、フィルムからデジタルへの変換の過渡期のことや、サブスクの登場、コロナ禍での苦しい時期など、様々な経験をさせてもらったなあと気づきました。それを作品の中でもちょこちょこ登場させております。作品を書きながら、今ではほぼ上映する機会のない35㎜フィルムの映写機での上映を思い出し、映写室で映写機の隣が温かくて眠くなったこと、飴色のフィルム、ルーペ、手袋……。それらを自分の作品の中で登場させることができ、感無量です。

それもこれも、前作の『天詠花譚《てんえいかたん》』から担当になってくださった、非常に映画に精通されている小松さんの影響が大きく、一緒に映画関連の作品を作りたいです！　と言って始まったのがこの作品でした。しかも、白谷ゆう様が、とても美しい表紙を描いてくださって、感謝の気持ちでいっぱいです。

この作品を書いて、戦時中も映画が封切られていたこと、各地で上映されていたことなどを知りました。戦後八十年となりますが、もう当時のことが遠くて朧です。

私は時代ものやタイムスリップものが好きでよく書きますが、人々はどの時代も戦と隣り合わせであることが多く、今が平和であることの奇跡を噛みしめています。この先の未来も、一人でも多くの人々が、平和の中で幸せに生きていくことを願うばかりです。

この作品を書いている時に、自分の生活に変化があり、忙しさやらで原稿が間に合わない！　ということが何度かありました。ご迷惑をかけ続けてしまった担当の小松さんには頭が上がりません。この場をお借りして、心より感謝を申し上げます。

また、よく知っているからという理由で選んだ熱海という場所でしたが、ごはんも美味《おい》しいし、観光地で温泉も湧く、最高に楽しい場所の一つだと思っています。皆様も是非、訪れて楽しんでいただけたらいいなと思います。

そして何より、この本を手に取ってくださった読者様に一番の感謝を捧げます。今日まで書き続けられたのも、皆様のおかげです。本当にありがとうございます。またいつかどこかでお会い出来たら幸いです。

そして映画を愛する人々、あの世界に携わる人々に、敬意を。

皆様に、特大の愛と感謝を込めて。

夏の暑い日、どしゃぶりの夕立の中で　梅谷　百

<初出>

本書は書き下ろしです。

メディアワークス文庫

星《ほし》降《ふ》るシネマの恋人《こいびと》

梅谷《うめたに》 百《もも》

2023年9月25日 初版発行

発行者 山下直久
発行 株式会社KADOKAWA
〒102-8177 東京都千代田区富士見2-13-3
0570-002-301（ナビダイヤル）
装丁者 渡辺宏一（有限会社ニイナナニイゴオ）
印刷 株式会社暁印刷
製本 株式会社暁印刷

●お問い合わせ
https://www.kadokawa.co.jp/（「お問い合わせ」へお進みください）
※内容によっては、お答えできない場合があります。
※サポートは日本国内のみとさせていただきます。
※Japanese text only

※定価はカバーに表示してあります。

Printed in Japan
ISBN978-4-04-915231-9 C0193

メディアワークス文庫 https://mwbunko.com/

本書に対するご意見、ご感想をお寄せください。

あて先
〒102-8177 東京都千代田区富士見2-13-3
メディアワークス文庫編集部
「梅谷 百先生」係

天詠花譚
不滅の花をきみに捧ぐ

梅谷 百

あなたと出会い、“わたし”を見つける、
運命の和風魔法《マジカル》ロマンス。

明治２４年、魔法が社会に浸透し始めた帝都東京に、敵国の女スパイ蓮花が海を越えて上陸する。目的は、伝説の「アサナトの魔導書」の奪還。

魔導書が隠されていると言われる豪商・鷹無家に潜入し、一人息子の宗一郎に接近する。だが蓮花の魔導書を読み解く能力を見込んだ宗一郎から、人々の生活を豊かにする為の魔法道具開発に、力を貸してほしいと頼まれてしまい……。

全く異なる世界を生きてきた二人が、手を取り合い運命を切り拓いていく、和風魔法ロマンス、ここに開幕！！

平安かさね色草子

白露の帖

梅谷 百

色あわせの才で綴る
新米女房の平安出世物語。

時は平安、雅を愛し宮中に憧れる貧乏貴族の娘・明里は、家のために誰もが数日で逃げ出すという春日家に出仕することに。美形にもかかわらず風雅とはほど遠い春日家の三兄弟をかわしながら、新米女房の務めに励んでいた。明里が見立てた長男の装束や、荒れ放題の春日家での酒宴を見事に執り行った機転が兄弟の上官・有仁をも感心させる。

そして持ち込まれた、後宮で起こっている不穏な企ての犯人捜しの相談。有仁の頼みで明里は鳥羽天皇が暮らす憧れの宮中に行くことに——！